SV

Peter Bichsel

Heute kommt Johnson nicht

Kolumnen
2005–2008

Suhrkamp

Satz: TypoForum GmbH, Seelbach
Druck: Friedrich Pustet, Regensburg
Printed in Germany
Erste Auflage 2008
ISBN 978-3-518-42026-3

1 2 3 4 5 – 13 12 11 10 09 08

Kolumnen 2005–2008

Ich will nicht, daß sie sterben

Brigitte habe ich nie mehr gesehen, das letzte Mal wohl vor fünfundfünfzig Jahren, wir waren fünfzehn und gingen ins gleiche Schulhaus zur Schule. Gesprochen haben wir wohl nie miteinander, aber Briefe geschrieben, nur etwa zwei oder drei, und dann hat sie wohl einen mutigeren Liebhaber gefunden.

Ob sie noch lebt? Und warum möchte ich, daß sie noch lebt? Ich werde sie wohl auch dann nicht treffen, wenn sie noch leben sollte. Es besteht auch kein Anlaß, sie zu treffen. Ich hätte ihr auch nichts zu erzählen. Wir haben uns nicht verloren, nicht mal aus den Augen verloren. Und nur einmal, für einen kurzen Augenblick, haben sich unsere Wege fast gekreuzt, nur fast.

Und weshalb fällt sie mir jetzt plötzlich im Zusammenhang mit dem Seebeben in Ostasien wieder ein. Und nicht nur sie, sondern auch Doris und Hans und Albert, Bernd, Josef, Sabine, Gretel, und die Liste könnte fast unendlich fortgesetzt werden – Leute, mit denen ich mal lachte, mit denen ich mich ärgerte, mit denen ich weinte oder auch nur einen halben Roten trank, Leute auch, deren Namen ich längst vergessen habe, und noch mehr Leute, deren Namen ich nie wußte. Wie viele sind es, denen ich in meinem Leben begegnete? Und bei wie vielen Begegnungen lag, meist unausgesprochen und uneingelöst, ein kleines Körnchen oder Korn von Liebe drin.

Ist es das, was mich jetzt plötzlich so heftig an sie alle erinnert, das kleine Körnchen Liebe? Der französische Philosoph Gabriel Marcel hat es einmal so formuliert: »Liebe ist: Ich will nicht, daß du stirbst.«

Ist es diese heftige Demonstration des Todes, die mich an all jene erinnert, die kleine und größere Spuren von Liebe hinterlassen haben?

Nein, von jenen, die ich noch nicht aus den Augen verloren habe, ist niemand umgekommen bei diesem Seebeben. Aber wie viele waren dabei, denen ich irgendwo begegnete und die ich irgendwie mochte und die – würde ich sie sehen – mich an etwas erinnern würden – Menschen, die mir mal für ein paar Sekunden, für ein paar Minuten das Leben lebenswert machten.

Jener Student zum Beispiel, den ich im Zug auf dem Weg nach Berlin lesend antraf, Jean Paul lesend. Ich weiß seinen Namen nicht, ich weiß auch nicht mehr, wie er aussah. Ich könnte ihn nicht beschreiben. Jetzt fällt er mir ein. Ich möchte, daß er noch lebt – dabei gibt es keinen Anlaß, daran zu zweifeln, daß er noch lebt. Erfahren werde ich

es nie. Es ist sehr unwahrscheinlich, daß ich ihn je wieder treffen werde.
Rösli habe ich auch nie mehr gesehen und Doris und , und , und ... und ich werde sie alle wohl nie mehr sehen, trotzdem, ich möchte, daß es sie gibt. Ich will nicht, daß sie sterben. Sie gehören zu meinem Leben, sie sind zum mindesten ein ganz kleiner Teil, vielleicht nur eine Sekunde, meines Lebens. Wenn sie sterben, stirbt ein ganz kleiner Teil von mir ein ganz kleines bißchen mit.
Und nun höre ich, daß auf der Welt täglich über 150000 Menschen verhungern, also etwa so viel, wie bei dieser Flut umgekommen sind.
Warum fällt mir das, was mir hier recht hilflos eingefallen ist, denn nicht täglich ein?
Weil ich glaube, damit nichts zu tun zu haben? Weil ich mir diese Verhungerten als schwarz oder gelb oder was auch immer vorstelle? Weil ich glaube, ihnen nicht begegnet zu sein?
Warum bin ich da so sicher?
Waren nicht einige Hunderte in unserem Land, die wir glaubten zurückschicken zu müssen in den Hunger, denn wer »nur« Hunger hat, der ist »nur« ein Wirtschaftsflüchtling.
Habe ich nun mit dem Verhungernden zu tun oder nicht?
Im Zusammenhang mit der Flut in Ostasien wurde auch immer wieder von der Globalisierung ge-

sprochen, und man meinte damit das globale Zusammenstehen der Helfer. Ich zweifle daran, daß diese »Globalisierung« etwas Nachhaltiges haben wird – was derart aktuell ist, wird auch schnell vergessen.

Ich finde Tourismus schrecklich, wenn ich auch den einen gönne, daß sie daran verdienen, und den anderen, daß sie zu billigen Ferien kommen. Aber der Massentourismus hat zur Völkerverständigung nichts, gar nichts beigetragen – oft im Gegenteil.

Diese eine Mal aber hat uns genau dieser Tourismus auf etwas aufmerksam gemacht, nämlich, daß die Katastrophen dieser Welt nicht einfach die Katastrophen der Schwarzen, der Armen, der Unterentwickelten, sondern daß es unsere gemeinsamen Katastrophen sind. Diesmal zwar ohne Schuldige, aber sonst doch immer wieder mit unserer Mitschuld.

Oder sollte es so sein, daß uns allen das Spenden als Unschuldige leichter fällt? Denn wären wir mitschuldig, könnte ja unsere Spende als Eingeständnis verstanden werden. Wir sind nämlich nicht nur gemeinsam unschuldig – gemeinsam schuldig sind wir wohl weit öfter. Und in den wenigen Tagen seit der großen Flut ist die Zahl der Verhungerten nun wohl gewaltig gestiegen – täglich um über 150000.

Warten auf das WARTEN

Auf einem Feld, auf einer eingezäunten Weide, stehen Kühe und grasen. Die Weide ist abgegrast. Links davon steht das Gras noch hoch. Nun kommt der Bauer und beginnt fünfzig Meter links vom Zaun Pflöcke einzuschlagen. Es dauert einige Zeit, bis ich erkenne, was der Bauer will. Und bereits rennen alle Kühe in die untere Ecke der Umzäunung. Dort wird nach einer längeren Zeit der Bauer anfangen, den alten Hag abzubrechen und den Weg freizugeben in die erweiterte Weide mit hohem Gras.

Die Kühe warten, und sie warten und warten.

Dazu besteht vernünftig kein Grund. Es sind wenige Kühe, und die neue Weide hat viel Gras. Die Kühe drängeln nicht. Sie sind zwar wild in die untere Ecke gerannt, aber jetzt warten sie nur noch gelangweilt.

Woher wissen sie, daß es weitergeht, wenn der Bauer Pflöcke einschlägt, schon wenn er den ersten einschlägt? Und warum warten sie ohne Grund?

Im Zug die Durchsage: »In wenigen Minuten erreichen wir Frankfurt«, und die Leute stehen auf, ziehen ihre Jacken an, reißen die Koffer von der Ablage und reihen sich auf im Gang. Die wenigen

Minuten sind dann doch zwölf Minuten, zwölf Minuten warten. Ist es vielleicht das, daß man Frankfurt erwarten möchte, nicht nur im Zug erfahren, sondern wirklich erwarten?

Und wer wartet schon gern? Und warum warten wir so leidenschaftlich, wenn auch ungern?

Wohl weil wir es gelernt haben, das Warten – das Warten auf den Geburtstag, nur noch 21mal schlafen, das Warten auf Weihnachten, und dann am 24. Dezember das lange Warten, bis es endlich so weit ist. Das Warten darauf, daß man endlich in den Kindergarten darf, das Warten auf die erste Klasse, das Warten darauf, daß man endlich mit Tinte schreiben darf, das Warten darauf, daß man endlich zwölfjährig ist, daß man endlich 16, 18, 20 ist – und dann einmal das lange Warten darauf, daß man endlich 95 ist.

Ein Herr aus einer sehr besseren Familie erzählt, daß seine Großmutter nächstens 97 werde. Sozusagen im Chor sagen nun drei Zuhörer, daß sie also dann am Radio komme. Der Herr sagt entsetzt und mit einem schönen französischen »R« in der Kehle: »Nein, unsere (und das »unsere« sehr betont), unsere Großmutter kommt nicht am Radio.« Und das ist nun die Stunde von Roland, der, weil er so dumm ist, immer alles weiß – und er erklärt dem Herrn, daß er da nur auf die Einwohnerkontrolle müsse und sich dort bestätigen las-

sen müsse, daß die Großmutter 97 werde, und dann komme sie am Radio in den Gratulationen.
»Nein, unsere Großmutter kommt nicht am Radio«, erwidert der immerhin freundliche Herr aus guter Familie in apodiktischem Tonfall. Also erklärt es Rolf noch mal und erwähnt dabei, daß sie ja schon zweimal hätte am Radio kommen können, daß das aber nun verpaßt sei und daß man nun halt auf die Einwohnerkontrolle usw. usw. Und der Herr sagt: »Unsere Großmutter nicht.«
Es wird ein nicht enden wollendes Hinundher, und hätte der Herr nicht bezahlt und das Lokal freundlich grüßend verlassen, das Hinundher hätte ewig gedauert.
Roland erklärt es nun noch einmal der Runde, und jeder der Runde erklärt es zur Sicherheit auch noch mal.
Aber Roland läßt nicht ab vom Thema. Roland ist 28. Könnte es sein, daß er ein Leben lang darauf wartet, am Radio zu kommen – daß es also nur noch 77 Jahre dauern wird, bis es soweit ist?
Roland hat nicht viel erreicht im Leben. Und viel wird auch nicht mehr dazukommen. Gewartet hat er eigentlich nur darauf, daß er den Führerschein machen konnte, daß er in der Armee Wachtmeister wurde, daß er endlich als Briefträger ein anderes Revier bekam. Jetzt wartet er nur noch darauf, am Radio zu kommen – ein verdammt langes Leben.

»Muß ich ihnen gegenüber zur traurigen Waffe der Resignation greifen«, schrieb Robert Walser seinem Verleger, als sich das Erscheinen seines Buches um ein paar Tage verzögerte. Das lange Warten, das Warten an und für sich.

Ist es letztlich nicht einfach das Warten auf das endliche Ereignis – »die traurige Waffe der Resignation«.

Der Dorftrottel und Schnapser vor vielen Jahren in einem kleinen Dorf sagte, wenn man ihn fragte, was er mache: »Ich warte.« Und wenn man ihn fragte, auf was er denn warte, ging sein Blick ins Unendliche, und er sagte: »Auf nichts.« Er hätte auch sagen können: »Auf das Nichts.«

Warten wir nun eigentlich letztlich darauf – nämlich auf das Nichts – oder nur darauf, daß wir in 77 Jahren am Radio kommen?

Warum warten wir? Warum stehen wir, lange bevor der Zug ankommt, im Gang und warten? Wohl eben, weil wir nichts anderes so schmerzlich gelernt haben wie das Warten, das Warten auf den Kindergarten, auf die Schule, auf das Ende der Schule, auf die Pensionierung, oder gar das Warten auf das Warten. Das Aufundabgehen vor der Praxis des Arztes, weil man noch etwas zu früh ist, im Wissen, daß man, wenn dieses Warten ein Ende haben wird, wieder warten wird im Wartezimmer – das Warten auf das Warten auf das Warten.

Heute ist Sonntag

Also: Kalbsragout, Kartoffelstock, Gemüse, Salat. Das Kalbsragout weiß, am Tag zuvor Knochen angebraten mit Wasser aufgesetzt, stundenlang auf kleinem Feuer gekocht, gewürzt, gepflegt, probiert – Pfefferkörner, Zwiebel, Knoblauch, Karotten, Sellerie, ein wenig Lauch; den Kartoffelstock selbst gemacht – sehr aufwendig gekocht, als ginge es um ein Bankett.

Dabei bin ich allein, ich koche nur für mich selbst. Aber es ist Sonntag, und am Sonntag gibt es ein Sonntagsessen, den Teller schön angerichtet, den Tisch gedeckt – Sonntag.

Ich setze mich an den Tisch und habe plötzlich Lust auf eine ganz gewöhnliche Bratwurst mit Zwiebelschweize und gewöhnlichen weißen Spaghetti.

Aber es ist Sonntag, und am Sonntag gibt es ein Sonntagsessen – ob mir das paßt oder nicht. Es will mir nicht so recht schmecken – ich habe den Geschmack der Bratwurst im Kopf.

Mein Vater erzählte, daß es dort in der Nähe, wo er als Kind war, einen Papagei gab, der immer am Sonntagmorgen früh – und nur an einem richtigen Sonntag – das Lied »Sonntag ist's heut« krächzte.

Auch das fällt mir ein an einem Sonntag – über-

haupt mein Vater, am Sonntag trug er sein Sonntagskleid: Hemd, Krawatte, hellgrauer Anzug, und nachmittags ging es auf den Sonntagsspaziergang, auf den verhaßten Sonntagsspazierganz, der Vater im hohlen Kreuz mit seinem Filzhut, mit seinem Stockschirm – ein Schirm, über den man ein hölzernes Rohr ziehen konnte – mit großen Schritten voraus, die Mutter und ich und später auch die Schwester etwas unwillig folgend. Das mußte so sein: Sonntag und Sonntagsspaziergang – anständige Familien gingen am Sonntag spazieren: Sonntagskleider, Sonntagsschule, Sonntagsbraten und Sonntagsspaziergang.
Wenn es mal neue Sonntagskleider gab, dann wurden die alten zu Werktagskleidern. Mein Vater – Handwerker, Maler – fuhr auch in Anzug und Krawatte zur Arbeit, auf dem Fahrrad. Er war so gekleidet wie die anderen am Sonntag – aber die Kleidung war der Werktagsanzug und ohne Hut – Hut und Schirm, das war Sonntag.
Dabei war mein Vater auch ein leidenschaftlicher Bergsteiger, und als Bergsteiger war er so gekleidet wie die Bergsteiger. Das konnte auch sonntags sein, dann entfiel der Spaziergang.
Nun sitze ich also an meinem Ragout. Der einzige schäbige Rest eines ehemaligen Sonntagsrituals. Ich habe einen Beruf ohne feste Arbeitszeiten. Ein Montag ist für mich kein besonderer Tag und ein

Freitag auch nicht. Meine Woche kennt keine Einteilung, trotzdem bleibt es mir wichtig: Heute ist Montag, heute ist Dienstag, Mittwoch – und dann eben: Heute ist Sonntag.
Ab und zu beneide ich jene, die mittags aus dem Fabriktor kommen und sich gegenseitig wünschen, gut zu speisen: »E Guete!« Und ich erschrecke, wenn mir jemand ein schönes Wochenende wünscht. Wer ein Wochenende hat, der hatte auch eine Woche – irgendwie hatte ich keine, wenn ich sie auch durchaus verbracht habe. Ich war zwar mal Lehrer mit einem wöchentlichen Stundenplan, aber wir kamen nicht gemeinsam aus dem Schulhaus und wünschten uns einen schönen Abend.
So bleibt mir nur der Sonntag als spezieller Tag – aber er gelingt mir nicht. Das Ritual des Sonntagsspaziergangs, der Sonntagskleider, zu denen man Sorge zu tragen hatte, war mir als Kind zwar ein Greuel – aber ein Sonntag ohne Ritual ist halt dann kein Sonntag mehr.
Ich glaube, nicht nur mir, sondern uns allen sind die Rituale mehr und mehr abhanden gekommen. Die Kirchen sind nicht einfach nur leer aus Desinteresse, sondern sie sind es vor allem auch, weil wir entritualisiert leben. Die Kneipen sind nicht etwa leer, weil die Männer nicht mehr trinken, sondern weil das Trinken entritualisiert wurde.

Das Feierabendbier zwischen fünf und sechs – und etwas mehr – hatte zwar auch nur mit Alkohol zu tun, aber es war eingebettet in ein Ritual. Die privatisierte Partygesellschaft braucht keine Rituale mehr: Bier ist Bier und zu Hause billiger.
Nur die Gemeinschaft braucht Rituale – aber die Gemeinschaften haben sich privatisiert. Wir leben alle mehr und mehr in Gettos , in luxuriösen mitunter, aber in entritualisierten Gettos.
Ja, der Sonntagsspaziergang. Ich hatte die Eltern immer wieder im Verdacht, daß sie ihn eigentlich nicht für sich, sondern für die Nachbarn machten – eine anständige Familie geht spazieren. Allein, und nur für sich allein, kann man das nicht.
Nein, ich werde nicht spazierengehen. Ich werde mir keinen Sonntagsanzug kaufen, und ich werde den alten Anzug nicht am Werktag austragen.
Zu sehr habe ich mitunter gelitten unter solchen Ritualen. Daß ich sie hinter mir hatte, erschien mir als Freiheit. Jetzt sitze ich in meiner Freiheit, und der Sonntag ist keiner mehr.
Trotzdem weiß ich, daß Sonntag ist. Irgendwie erwarte ich ihn auch eine Woche lang, gehe freitags oder samstags einkaufen in Erwartung des Sonntags.
Und dann sitze ich an meinem Ragout und sehne mich nach werktäglichen Bratwürsten und bilde mir ein, daß Bratwürste weniger einsam machen.

Vom Unausgesprochenen

Er sagt: »In Österreich gibt es Überschwemmungen«, und ich weiß, er wird es nun immer wieder sagen. Ich werde es nicht verhindern können, auch wenn ich es immer wieder bestätige: »Ja, ich weiß.« Er wiederholt: »In Österreich gibt es Überschwemmungen.« »Ja, wahnsinnig«, sage ich, »ich habe darüber gelesen, ich habe es am Fernsehen gesehen«, und er sagt: »Hast du das gesehen, diese Überschwemmungen in Österreich?«

Nein, es geht weder um Österreich noch um Überschwemmungen, der Satz könnte auch heißen, »Hugo Koblet, das war ein Schweizer, hat einmal die Tour de France gewonnen«, und ich würde sagen. »Ja, ich weiß, das war 1951«, und er würde sagen. »Weißt du überhaupt, daß der Koblet die Tour de France gewonnen hat?« Ich sage: »Ja 1951, ein Jahr nach Ferdinand Kübler.« »Nein, nicht Kübler«, sagt er, »sondern Koblet«, usw. usw. Es ist hoffnungslos, weil es nicht um die Sache geht, sondern nur um das Reden.

»Der hat es ihnen gesagt«, sagt er von einem SVP-Politiker, und wie ich nachfrage, was er »ihnen« denn gesagt habe, sagt er, er habe es ihnen eben gesagt – eine Politik der Gesten – »wenn ihr's nicht fühlt, ihr werdet's nicht erjagen« – die wirklichen Inhalte bleiben eine Sache für sich und entziehen sich dem Gläubigen, und wichtig ist ihm nur, daß man es »ihnen« sagt.

Die Populisten brüsten sich immer wieder damit, daß sie eben dem Volk aufs Maul schauen würden. Meinen sie damit wohl auch das: Nicht nur, was sie reden, sondern auch wie sie reden – reden an und für sich, eben einfach »ihnen« es sagen. Was sagen? Einfach »es«!

»Also, in Österreich ...« Ich werde ungeduldig und schreie ihn an: »Laß mich in Ruhe«, und er schaut mich entsetzt an: »Ich habe doch nur gesagt, daß in Österreich ...«

Ja, ich weiß, er möchte etwas ganz anderes sagen – irgend etwas, das er nicht sagen kann, das er nicht sagen will, und ich hätte ihm zuzuhören. Oder er weiß wirklich, was er will, aber er fürchtet, es könnte mir nicht gefallen, ich könnte anderer Meinung sein.

Dem Volk auf den Mund schauen, könnte vielleicht auch das damit gemeint sein – ein Thema zu finden, wo man gleicher Meinung sein kann, um damit Vertrauen zu schaffen für etwas ganz anderes.

Mir scheint, wir Schweizer, Deutschschweizer, sind besonders anfällig dafür, unsere Mundarten sind Sprachen des Verschweigens. Wir sprechen

im Konjunktiv, in der Möglichkeitsform, wir denken und leben im Konjunktiv, unsere Sprache ist unverbindlich – ich habe nichts gesagt, ich meine ja nur.
Auch ich fühle mich wohl in meiner Mundart, sie ist mir mehr Heimat als alles andere Schweizerische.
Und wenn ich mich auch täglich im Schriftdeutschen bewege, wenn ich das auch gern mache, wenn ich mich auch immer wieder über die deutsche Hochsprache freue – heimisch habe ich mich in ihr nie gefühlt, und am fremdesten ist sie mir geblieben in den ganz kleinen Dingen des Alltags. Ich muß mich in Deutschland immer wieder neu daran gewöhnen, daß die Dinge ausgesprochen werden, daß man dort sagt, was man meint und was man fühlt – daß die Sachen nicht einfach selbstverständlich sind. Die unausgesprochene Selbstverständlichkeit ist etwas tief Schweizerisches. Darin ist zwar gut zu leben, solange alles gutgeht, aber darin ist eigentlich zum vornherein jede Diskussion unmöglich – wir wissen, was wir meinen, und damit basta.
Mir fällt in diesem Zusammenhang immer wieder die Geschichte mit meinem guten Berliner Freund ein. Ich wartete auf ihn im Bahnhof Solothurn. Wir hatten uns seit einigen Jahren nicht mehr gesehen, und ich freute mich sehr auf seinen Besuch.

Der Zug kam an. Mein Freund stieg aus, rannte auf mich zu, blieb stehen und übergoß mich mit einem Schwall von Worten: »Du hast ja keine Ahnung, wie sehr ich mich darauf gefreut habe, dich wiederzusehen. Wie lange ist das her? Erinnerst du dich noch an jenen wunderschönen Sonntag am Wannsee …«, und ich stand da wie ein nasser Pudel und fragte mich, was er nun plötzlich gegen mich habe, denn in unserer Mundart würde all das, was er da über mich ausgoß, heißen: »Salü«, oder wenn schon viel gesprochen werden soll, dann über alles, nur nicht über das, was ist – über das Wetter zum Beispiel, oder die Olympischen Spiele oder eben darüber, daß es in Österreich Überschwemmungen gibt.

Als er nach ein paar schönen Tagen wieder zurückfuhr, schaute ich am Bahnhof dem Zug nach und hatte so etwas wie ein schlechtes Gewissen. Ich hatte vergessen, ihm zu sagen, wie sehr ich ihn mag, wie wichtig er mir ist – der Fluch der Selbstverständlichkeit, der Fluch des Unausgesprochenen, des Unentschiedenen, der Fluch des sich Verlierens im Konjunktiv.

Ein Plädoyer für den Lärm

Oft weiß ich nicht, ob ich die Menschen mag, aber eines weiß ich sicher, ich mag ihre Geräusche. Ich mag ihre Stimmen, ich mag ihre Sprachen, ihr Schreien und ihr Flüstern. Ich mag die Geräusche, die sie mit ihren Händen, ihren Werkzeugen, ihren Maschinen erzeugen, und selbst das Geräusch der Preßlufthämmer ist mir lieber als die absolute Stille. Ich ziehe ein lautes Hotelzimmer einem ruhigen, das auf den häßlichen oder – noch schlimmer – gepflegten Hinterhof geht, vor. Ich brauche Geräusche zum Einschlafen, und ich brauche Geräusche zum Erwachen.

Ich brauche Geräusche zum Arbeiten. Deshalb wohl setze ich mich in die Eisenbahn, wenn ich eine Kolumne schreibe. Nicht eigentlich, um zu fahren, sondern nur, um zu sitzen und das Geräusch des Fahrens in den Ohren zu haben. Ich setze mich in die zweite Klasse, sie hat ein reicheres Angebot an Klängen und Stimmen. Das Angebot der Reichen in der ersten Klasse ist ärmer.

Und wenn Sie, liebe Leserin, das nicht begreifen können, dann gebe ich gern zu, daß es andere Gründe hat, daß ich wieder hier sitze. Ich habe diese Kolumne zu schreiben, und die Zeit bis zu

ihrer Ablieferung wird knapp. Es bleibt mir nichts anderes übrig, als mich einzusperren und zu arbeiten – ich habe mich in die Bahn eingesperrt, um mich zu zwingen, endlich zu tun, was zu tun ist.
Ich habe das zu Hause auch schon versucht, aber zu Hause ist das Ausbrechen ein leichtes. Hier sitze ich, und der Zug fährt. Zum mindesten zwischen den Stationen gibt es kein Ausbrechen, und die Stationen erreichen mich so überraschend, daß ich dafür zu spät bin.
Aber es ist eine luxuriöse Gefangenschaft, ich fühle mich wohl hier, und wenn ich mein Schreiben unterbreche und nur noch sitze und die Landschaft an mir vorbeifahren lasse, ohne mich mit ihr besonders zu beschäftigen, dann liebe ich meine Gefangenschaft, und sie beginnt mich zu erinnern an jene Gefangenschaft, die mir etwas vom Liebsten in meinem Leben war, jene Gefangenschaft, die ich endgültig und für immer verloren habe, weil ich ihr entwachsen bin – die Geborgenheit.
Jene Geborgenheit, die mitunter im Gefängnis meiner Kindheit stattfand, in jenem wunderbaren Gefängnis, das Laufgitter heißt.
Es war aus Holz, mit gedrechselten Stäben, an denen man sich hochziehen konnte, um sich festzuhalten am oberen Abschluß des Gitters und von dort stehend eine Welt zu betrachten, die die

ganze Welt war. Innerhalb des Gitters war die Welt, in der man lebte, außerhalb war jene zum Betrachten, zum Bestaunen.
Ich komme, weil sich die Leute das Schreiben so vorstellen, immer wieder in den Verdacht, daß ich beobachte. Wenn ich über den Markt gehe, kommt sicher jemand und sagt: »Aha, Sie beobachten.« Und wenn ich in einer Kneipe sitze, halten mich die Leute auch für beobachtend. Das hat immerhin den Vorteil, daß sie mich – was ich in Wirklichkeit bin – nicht für trinkend halten, aber ärgerlich ist es trotzdem: Ich beobachte nicht, ich betrachte nur. Ich setze mich in der Kneipe gefangen, lege meine Hände auf den Tisch wie damals auf das Geländer des Laufgitters und betrachte die Welt, die jetzt in diesem Augenblick die ganze Welt ist. Es ist mir recht, wenn die anderen in der Beiz eine fremde Sprache sprechen, der Inhalt ihres Gesprächs verdirbt mir dann nicht die Freude an ihren Stimmen – nur hören und schauen.
Das Laufgitter war zusammenlegbar. Es hatte zu diesem Zweck Scharniere und Riegel, die man öffnen konnte – nicht etwa, um zu entfliehen, das Gitter ließ sich so nicht öffnen, man konnte nur seine Form ein bißchen verändern und damit das Interesse der erschreckten Außenwelt auf sich ziehen. Dann wurde erst mal der Riegel mit Schnüren umwunden, um das Gitter und mich zu schützen.

Ich will ein Hotelzimmer, das auf die Straße geht, auf die laute Straße. Ich will meine Hände auf den Sims des Fensters legen wie auf die Brüstung des Gitters und jene Welt anschauen, die auch hier wieder die ganze ist. Ich habe Kairo als laut, als sehr laut in Erinnerung, sozusagen als die Summe sämtlicher von Menschen verursachten Geräusche. Sie ließen mich wirklich zwei Nächte nicht schlafen. Aber vom dritten Tag an gehörte ich, so leise wie ich auch immer war, dazu zum Lärm und war auch ein Mensch.
Im Laufgitter stehen und Lärm machen und dazugehören zu jener Welt, die aus menschlichem Lärm besteht. Und dann das Laufgitter durch die ganze Stube schieben, bis sie es mit einer Schnur anbinden am Radiator, alle Spielzeuge in die Welt hinaus werfen und der stolze Besitzer einer Welt sein, der Welt des Laufgitters.
Ich sitze im Zug. Eben sind Rekruten eingestiegen. Sie sind verflucht laut. Wenn sie doch nur eine Sprache sprechen würden, die ich nicht verstehe. Ohne Inhalt würde mir auch ihr Lärm gefallen.

Die kleine und die große Welt

Fußball, Championsleague-Spiel Arsenal gegen Thun: Jörg – kein fanatischer Fußballkonsument, sondern eher ein gelegentlicher Zuschauer am Fernsehen – sagt, daß er das entscheidende letzte Tor nicht gesehen habe. Er habe den Fernseher kurz vorher ausgeschaltet, da er gefürchtet habe, er könnte mit seiner Nervosität ein verhängnisvolles Tor kurz vor Schluß provozieren.
Nun, das Tor ist trotzdem gefallen. Offenbar hat irgendwo ein anderer seinen Fernseher weiterlaufen lassen.
Vor vielen Jahren, ein Fest bei Freunden. Nach dem Essen schauten die vielen Kinder eine damals beliebte Tiersendung am Fernsehen. Der kleine Kuno, dreijährig, war total hingerissen. Plötzlich fragte er: »Wie heißt euer Löwe?« Und als man ihm sagte: »Clarence«, rief er begeistert: »Meiner zu Hause auch!« »Und euer Affe?« »Meiner auch!« »Ja, auch mein Löwe schielt!«
Eine Welt, die hier zu Hause in der Stube stattfindet – jetzt und nur für mich, für mich und mit mir.
Eine Welt, die zu Hause stattfindet, ist »meine« Welt – »mein« Löwe, »mein« Affe, aber dann auch

mein Murat, mein Zubi, mein Bundeskanzler. Und wenn jemand sagt: »Ich habe Sie am Fernsehen gesehen, dann meint sie eigentlich: »Sie waren in meiner Stube.«

Der kleine Kuno hätte ja auch enttäuscht sein können, daß auch andere Kinder denselben Löwen, denselben Affen besitzen – aber er war begeistert darüber, daß es »seine« Welt auch anderswo gibt, daß auch andere zu Hause eine Welt haben, die seiner aufs Haar genau gleicht.

Mir aber steht der Fernseher zu Hause irgendwie im Weg. Es gelingt mir, ihn tagelang zu vergessen.

Aber ich mag Fernsehen in der Beiz. Sie sind selten geworden, die Beizen mit Fernsehen. Ich gehöre zu jener Generation, die noch ohne Fernsehen aufgewachsen ist – ganz einfach, weil es Fernsehen gar nicht gab. Aber ich habe mich mit Leichtigkeit daran gewöhnt – wie später an meinen Computer.

Nur stelle ich fest, daß es mir immer noch schwerfällt, allein Fernsehen zu schauen – »mein« Löwe und »mein« Affe, das ist mir peinlich, ich komme mir als Voyeur vor, der irgendwo durch ein Guckloch guckt, und wenn ich entspannt Fernsehen schauen will, muß ich in eines jener selten gewordenen Lokale, wo noch ein Fernseher steht. Ja, die Grölerei der anderen Gäste beim Fußballspiel stört mich schon – aber es ist hier wenigstens nicht »mein« Fußballspiel, sondern »unser« Fußballspiel – und ich habe den kleinen Kuno auch falsch zitiert: Er hat nicht gesagt »mein« Löwe, er hat gesagt »unser« Löwe. Erst jetzt fällt mir auf, daß das etwas ganz anderes ist – nicht »meine Welt«, sondern »unsere« Welt.

Die erste Fernsehsendung habe ich um 1950 herum im Restaurant des Sälischlößlis in Olten gesehen. Ein Radiohändler hatte dort einen Fernseher plaziert, weil man nur soweit oben etwas empfangen konnte. Ich erinnere mich nicht mehr an das Programm, nur noch an das Pausenbild, ein Aquarium mit Fischen. Das Pausenbild müsse bewegt sein, erklärte uns der Fachmann, damit es sich nicht auf der Bildröhre einbrenne. Und wir hatten Bilder gesehen, die durch die Luft kamen – daß das funktionierte, das war Wunder genug.

Später hatte ein Arzt einen Fernseher, sein Haus stand an einer Wiese, und der Apfelbaum auf dieser Wiese war voll behangen mit Kindern, die das Fernsehen schauen wollten. Nein, nicht das Programm – davon sprach niemand, und der Baum war auch viel zu weit weg –, wir wollten nur das Fernsehen an und für sich sehen, nur sehen, daß es funktioniert. Hie und da konnten wir aus dieser Distanz sogar ein Bild erahnen, ein Bild, das aus der Luft kam.

Später das Endspiel der Fußballweltmeisterschaft in Bern, 1954, in einem Restaurant. Fernsehen war für uns noch keine Sache der Stube und Familie, sondern etwas, das in der Öffentlichkeit stattfand.
Das ist mir irgendwie geblieben. Es wäre mir peinlich, ein Fußballendspiel anschauen zu müssen als einziger Zuschauer – denn das Publikum, das am Fernsehen gezeigt wird, ist ja für mich auch nichts anderes als etwas zum Anschauen – auch wenn es dort in Wirklichkeit richtige Zuschauer gibt – hier am Fernsehen zu Hause bin ich trotzdem der einzige Zuschauer oder sind wir zwei, drei die einzigen Zuschauer.
Also bleibt nur die Kneipe, und daß hier die anderen stören, das ist ihre Aufgabe, denn wir hier sind das Publikum, und wir sind laut.
Aber wir sind nicht mehr viele, die anderen sind schon längst zu Hause, und es macht ihnen gar nichts aus, ganz allein im Stadion zu sitzen.
Vielleicht bilden sie sich ein, daß ihnen das Fernsehen die Welt in die Stube liefert, und sie merken gar nicht mehr, daß »ihre« Welt sie selbst sind und daß ihre Welt sehr klein geworden ist, während ihnen das Fernsehen eine große Welt vorspielt.
Hier in der Kneipe allerdings ist sie auch klein geworden. Und sie wird von Tag zu Tag kleiner.
Könnte es sein, daß wir uns vor der großen Welt,

vor Europa zum Beispiel, auch deshalb fürchten, weil wir schon in unserer ganz kleinen Welt so einsam sind?

»Wie heißt euer Stürmer?« »Wie heißt euer Torwart?« »Wie heißt euer Löwe?« Und die begeisterte Antwort von Kuno: »Unserer auch!« Seine Stube hatte sich geöffnet, er hatte Welt entdeckt.

Ein Nachruf auf Herrn Egede

Von jenem Missionar der Grönländer habe ich schon lange nichts mehr gehört. Er stapfte durch die Eiswüste und brachte den Eskimos – nämlich den Inuit – das Christentum.
Noch vor Monaten wurde er fast täglich in Zeitungen, Ilustrierten und Magazinen erwähnt. Jetzt ist er plötzlich irgendwie aus der Mode gekommen, die Zeitungen erwähnen ihn kaum mehr. Irgendwie vermisse ich ihn, wenn ich auch keine Ahnung habe, wer er war, woher er kam, ich weiß nicht, in welchem Jahrhundert er lebte, wie er lebte und wie er endete, ich kenne nur seinen Namen, er heißt EGEDE, und er gehört zu jenen, deren Namen grundsätzlich mit großen Buchstaben geschrieben werden, wie ANET oder ARALSEE, wie EHE oder ENGE oder eben INUIT, und wenn die Zeitungen die Bezeichnung INUIT der Bezeichnung Eskimo vorziehen, dann nicht etwa, weil Eskimo eine Beschimpfung ist, sondern nur, weil sie nun mal – meine Leidensgenossinnen haben längst entdeckt, von was ich rede – weil sie nun mal so ins Kreuzworträtsel passen.
Das Wort IGLU gibt es auch ab und zu im Rätsel und auch das Wort TRAN oder gar LEBERTRAN.

Und das wäre denn auch schon mein ganzes Wissen über die Inuit – nichts außer ein paar Wörtern, das Wort EGEDE zum Beispiel, das ich nun für gar nichts mehr weiß, weil es aus der Gnade der Kreuzworträtselmacher gefallen ist.
Wer nimmt mir nun das unnötige Wort aus meinem Kopf? Meine Festplatte hätte es nötig, aufgeräumt zu werden.
ANET lassen wir noch drin, das ist ein französischer Schriftsteller, der unter Umständen auch Schweizer ist und den nur noch Kreuzworträtsellöser kennen neben SADE und GIDE, und sogar das Buch – aber nur den Titel des Buches – von Anet kennen wir: ARIANE – in der Regel senkrecht.
Wie viele Stunden, Tage, Wochen meines Lebens habe ich mit diesen Wörtern verblödelt? Auf wie vielen Bahnfahrten die schön blühenden oder schön verschneiten Gegenden verpaßt? Ich habe dabei weder etwas gelernt noch etwas erfahren. Zwar wird es einen Missionar Egede gegeben haben, und einen Aralsee gibt es, aber hier im Rätsel sind sie ohne Sinn und Realität, sie haben nur den Zweck, das Gitter zu füllen und sich zu kreuzen mit anderen Wörtern.
Aber seit der »Blick« nun auch am Montag ein Kreuzworträtsel hat, ist wenigstens mein Montag gerettet. Den Sonntag verbringe ich mit Trudy

Müller-Bosshard und ihrem Kreuzworträtsel im Magazin des Tagesanzeigers. Das ist nicht etwa nur schwer, weil die Fragen vertrackt gestellt sind, sondern weil es mitunter um die Inhalte von Wörtern geht. Ich streite mit ihr, aber ich beschimpfe sie meist erst, nachdem mir die »einfache« Lösung eingefallen ist. Nur – und das wissen wir beide –, sie verstößt mit Inhalten gegen die primitiven Regeln des Kreuzworträtsels.

Im Kreuzworträtsel geht es nur um Wörter, um die reinen Wörter, und Wörter machen süchtig. Kein Kind der Welt würde reden lernen, wenn Wörter nicht süchtig machen würden. Kreuzworträtsel lösen ist kindisch, und nur weil es kindisch ist, kann ich es nicht lassen. Eine Welt, die nur aus Wörtern besteht: Wie wunderschön konnte die kleine Nora das Wort »Ecover« – ein Abwaschmittel – aussprechen, eines der ersten schönen Wörter, die sie konnte, da waren alle Sehnsüchte der Welt in diesem Wort – nicht im Inhalt des Wortes, nur in seinem Klang, und Mimi betonte das Wort »Alufolie« nicht auf »Alu«, sondern auf »folie«, und es enthielt alle Schönheiten dieser Welt.

Ich nehme nicht an, daß es mir in Samarkand gefallen würde, ich muß da nicht hin, aber ein schönes Wort ist es schon, und tröstlich ist es auch, daß es ein solches Wort gibt.

Ich mag Sachwortregister in Büchern, und ich benütze sie nicht nur, um das Entsprechende im Buch zu finden. Ich schlage sie zwar auf, um etwas zu finden, aber ich bleibe dann immer wieder an ihnen hängen – Wörter, Wörter, und es gibt keinen Aralsee mehr, nur ein Wort, das so klingt, und die Frage nach einem französischen Schriftsteller löst nichts anderes aus als nur ein Wort »ANET«. Und was nicht kreuzbar ist, hat im Gitter so wenig zu suchen wie ein Wort am Ende eines gereimten Gedichts, auf das sich nichts reimen kann.
Es überrascht mich auch, daß ich noch nie irgendwo in einem Lexikon oder im Internet nach diesem Anet gesucht habe und nach dem Missionar Egede auch nicht. Aber irgendwie wäre das wie Verrat, wie wenn ich damals die kleine Nora zurechtgewiesen hätte mit der schroffen Bemerkung, das sei nur ein Abwaschmittel, wenn sie das wunderschöne Wort »Ecover« auf ihrer Zunge schmelzen ließ.
Ich bin hier, wo ich das schreibe, von Büchern umgeben. Wenige von ihnen werde ich noch einmal lesen, etliche von ihnen habe ich noch nie gelesen – aber ich brauche sie. Sie beinhalten nicht nur Welt und Welten. Sie sind auch voller Wörter. Vielleicht enthalten sie alle Wörter der deutschen Sprache. Wie viele Wörter habe ich in meinem Kopf? Soll ich davon ein Inhaltsverzeichnis anlegen?

»Ihr Worte, auf, mir nach!« beginnt eines der schönsten Gedichte von Ingeborg Bachmann. Wörter, Wörter – sie können einen zum Wahnsinn treiben. Am Morgen versuche ich sie zu bändigen und fülle sie kreuzweise ins Gitter.

Münsingen ist keine Nation

Länderspiele schaue ich mir nur noch am Fernsehen an, weil mir jedes Verständnis für das fehlt, was die Fußballreporter und andere Kenner als großartige Stimmung und als fantastische Unterstützung durch das Publikum bezeichnen.
Das letzte Länderspiel, das ich im Stadion gesehen habe, war das Spiel zwischen der Schweiz und Frankreich in Bern. Auf dem Platz ein schönes und begeisterndes Spiel und auf den Tribünen ein Publikum, das zum Völkerkrieg antritt. Jeder einzelne Spieler der Franzosen wird bei der Vorstellung ausgepfiffen. Das heißt bei Fußballfans Stimmung, und selbstverständlich wird von den Vollblutpatrioten im schönen roten Shirt mit Schweizerkreuz während der Landeshymne der Franzosen – der Marseillaise – gepfiffen. Ich scheine hier der einzige zu sein, den das stört. Und ich kenne die Antwort der Funktionäre: »Chaoten gibt es überall. Die haben mit Fußball nichts zu tun. Die wollen nur Stunk machen.«
Ich hätte da aber noch eine Frage: Hat dann auch der Hauptsponsor Credit Suisse nichts mit Fußball zu tun? Ihm gehört nämlich das Feld vor dem Spiel, und er hat Tausende von Schweizerfähn-

chen verteilen lassen. Und das ist auch das gute Recht der Credit Suisse, daß sie sich hier präsentieren darf. Dazu hat sie einen Marktschreier engagiert, der in einem penetranten, schnittigen Hochdeutsch mit preußischem Kasernenton die Stimmung anheizt: »Wo sind die Schweizer Fans? Schweizer Fans die Fahnen hoch«, brüllt er noch und noch. Das erinnert. Es erinnert an nationalistische Agitation. Ich hatte Gänsehaut, und ich begann mich echt zu fürchten. Jene, bei denen die Agitation auf fruchtbaren Boden fiel, pfiffen dann bei der Hymne des Gegners, des Feindes, des Ausländers. Gewalt beginnt in den Köpfen. Und es gibt verschiedene Stimmungen, auch eine Stimmung der Gewalt. Schön ist, das sei hier auch erwähnt, daß die Botschaft des preußischen CS-Botschafters bei einer Mehrheit des Publikums auf keinen fruchtbaren Boden gefallen ist.
Seither geht mir dauernd eine Geschichte durch den Kopf, die mich tief beeindruckte. 1970 herum war ich in Oslo. Im Theater dort wurde das Stück »Toller« von Tankred Dorst gespielt. Als die Studenten – stramme, linke 68er – in Erfahrung brachten, daß am Ende des ersten Akts in diesem Stück von den Schauspielern die Internationale gesungen wird, kaufte der Studentenverband alle verfügbaren Karten des Parketts für die Premiere, verteilten sie an Kollegen und andere Linke mit

der Auflage, daß sie bei der »Internationale« aufstehen und lauthals mitsingen sollen. Selbstverständlich war das als Provokation des sehr bürgerlichen Theaterpublikums gedacht, und erwartet war der Skandal.
Das wollte ich mir nicht entgehen lassen. Erstens, weil ich Tankred Dorst und sein Stück mag, und zweitens, weil ich die entsetzten Reaktionen dieser Bürger sehen wollte. Ich kriegte noch eine Karte auf dem Balkon, saß nun inmitten dieser besseren Gesellschaft in Abendgarderobe und fieberte dem Ende des ersten Akts zu.
Es lief alles ab wie geplant: Die vier Schauspieler standen auf der Bühne, und beim ersten Ton, den sie sangen, ratterten im Parkett die Stühle hoch, und ein Riesenchor brüllte die Internationale.
Die Herren und Damen auf der Galerie aber standen auch auf, legten die Hände auf dem Bauch zusammen und standen da, stumm, aber in Ehrerbietung. Hier wurde eine Hymne gesungen, und bei Hymnen, auch bei Hymnen der anderen, auch bei fremden und sehr fremden Hymnen, steht man auf. Der geplante Skandal blieb aus.
Die Studenten waren hinterher enttäuscht. Mich aber hatte das Verhalten dieser Bürger tief beeindruckt. Ich hatte von ihnen etwas gelernt, und sie beschämten mich in meiner spießigen Vorfreude auf den Skandal. »Stell dir vor, es ist Krieg und

keiner geht hin.« Die Bürger hatten den angebotenen Krieg mit Anstand abgelehnt.
Über die Qualifikation der Schweiz für die Weltmeisterschaft habe ich mich mit Freunden zusammen gefreut. Wir haben uns das Spiel in einem kleinen Lokal angeschaut, für unsere Mannschaft gezittert und hinterher ein bißchen gefeiert.
Allerdings der Autocorso, der mir sonst immer gefallen hat, wollte mir diesmal nicht gefallen. Er ist zwar »friedlich« ausgefallen. Aber er schien mir nicht der Ausdruck von Freude zu sein, sondern von Siegestaumel, er erinnerte mich letztlich doch an Gewalt und Gewaltbereitschaft.
Das habe sich nun mal so eingebürgert, daß bei der Landeshymne der Gegner gepfiffen werde, höre ich von einem Fußballexperten am Fernsehen, und ich frage mich, was sich alles noch einbürgern wird. Wenn das selbstverständlich sein sollte, dann ist es allerdings auch so, daß die Gewaltbereitschaft bereits selbstverständlich ist. Ein auf der Straße befragter Fan nach dem Spiel sagte: »Ich sage nur, Deutschland, wir kommen! Paßt auf!« Das ist nicht der Tonfall der Freude, das ist der Tonfall der Drohung. Am andern Tag lese ich es als Schlagzeile in der Zeitung: »Deutschland, wir kommen.« Es hat sich also eingebürgert.
Aber Fußball ist etwas Schönes. Ich sehe fast jedes Spiel zu Hause. Ich freue mich, wenn wir gewin-

nen, und fachsimple, wenn wir verlieren, und ich habe dort noch nie gehört: »Münsingen, wir kommen!«

Zum Nationalismus braucht es offensichtlich eine Nation. Solothurn und Münsingen sind keine Nationen.

Etwas weihnächtliche Nostalgie

Den Bahnhof lernte ich mit Emil kennen. Er war jener, der den ganzen Fahrplan, das ganze Kursbuch auswendig kannte – jener, der selber wohl kaum je einmal mit der Bahn fuhr, aber tagelang am Bahnhof stand, die Nummern der Züge und die Typenbezeichnungen der Lokomotiven leise vor sich her sagte und dabei versuchte, ja nicht aufzufallen, weil er – dem vieles verboten war – fürchtete, man könnte ihm auch den Bahnhof eines Tages verbieten.

Ich verehrte Emil. Er war für mich ein richtiger Erwachsener. Einer, der alles, was man wissen mußte, wußte, und einer, der Zeit hatte, sehr viel Zeit hatte. So einer wie Emil wollte ich werden. Und oft, wenn er mir einfällt, denke ich daran, wie wenig gefehlt hat, daß ich das fast geschafft hätte.

Ich weiß nicht, was ich von ihm gelernt habe, ich weiß nur, daß es sehr viel war, daß er zu jenen gehörte, die mich wesentlich geprägt haben. Ich habe von ihm zum Beispiel gelernt, in Bahnhöfen herumzustehen, ohne jeden Grund in Bahnhöfen zu stehen, ohne etwas zu tun, ohne etwas zu bestaunen oder zu beobachten. Nur hier zu sein, nur zu existieren, nur zu leben.

Emil, das fiel mir erst viel später auf und als er längst nicht mehr lebte, war debil.
Damals, als sehr kleines Kind, fiel mir nur auf, daß er anders war, ganz anders als alle anderen; und vielleicht auch, daß seine Welt eine andere war.
Und so wurde mir dann der Bahnhof zur Mitte jener anderen Welt.
Der Bahnhof wurde mir zum Ziel meiner Flucht, und meine Bahnfahrten führten in Bahnhöfe. Traurigkeit führte mich auf den Bahnhof. Ärger und Freude führten mich auf den Bahnhof. Und der leichte Hang zum Unanständigen – die drei Zigaretten für einen Batzen aus dem Automaten, der Micky-Mouse-Film aus den Guckkasten für 20 Rappen – führte mich zum Bahnhof.
Später dann auch das Bahnhofbuffet, zweiter oder gar dritter Klasse.
Und hier waren sie denn auch, die Figuren der Gegenwelten, die Scheiternden und die Gescheiterten, die Aufschneider und Hochstapler, die Willigen und die Unwilligen und dann auch – schon bald nach dem Krieg – die Italiener, die hier ihrem Italien etwas näher waren.
Dampflokomotiven gab es schon damals nur noch wenige, aber ihr Rauch blieb irgendwie noch jahrzehntelang hängen, und meine Mutter fragte: »Warst du wieder auf dem Bahnhof«, wenn ich schwarze Hände hatte.

Heimat ist nicht etwas aus Glas und Stahl. Heimat hat immer ein bißchen den Duft, aber auch die Düfte von Küche, von Kohl und Lauch und Verbranntem. Und auch das ist vorbei, wir wissen inzwischen, daß die Rösti nicht mehr dunkelbraun und schon gar nicht mehr an den Ecken schwarz werden darf. Die Rösti mag so auch gut sein, vielleicht sogar ein bißchen besser, aber sie erinnert nicht mehr an Rösti. Was ist das für eine Qualität, die nicht erinnert?

So wie der Bahnhof nicht mehr an Bahnhöfe erinnert. Ja, es ist wunderbar, wie sauber er geworden ist. Meine Hände werden nicht mehr schwarz in Bahnhöfen. Sie sind jetzt so steril geworden wie Einkaufscenter, so globalisiert und normiert wie Flughäfen, auf denen noch nie die Italiener aus Langeweile und Heimweh herumgestanden sind. Die Eisenbahnen gleichen den Flugzeugen, die Bahnhöfe den Flughäfen.

Und vor lauter Umweltschutz vergessen wir die Welt zu schützen. Weil uns der Umweltschutz gründlich mißlingt, weil wir wissen, daß uns die Katastrophe sicher ist, weil wir wissen, daß es uns nicht gelingen wird, den Ausstoß von Kohlendioxyd zu verringern – weil wir wissen, daß uns das mit der Umwelt nicht gelingt, machen wir uns daran, wenigstens die Welt zu säubern, zu säubern bis zur Sterilisation – es lebe die Modelleisenbahn,

es lebe die MacSBB: rauchfrei, keimfrei, schmutzfrei und lebensfeindlich.
Nein, ich schreibe hier nicht vom neuen Rauchverbot in der Bahn. Das Rauchverbot hat mich weniger genervt als die täglichen Fragen von Leuten: »Was machst du jetzt?«
Meine Antwort ist einfach: Ich mag Rauchverbote. Sie machen das Rauchen wieder so schön verboten wie damals in der Schule hinter dem Schulhaus. Ich kann gut Eisenbahn fahren, ohne zu rauchen. Und ich mag es, Züge zu überspringen.
Nur, in welchen Bahnhöfen soll ich sie noch überspringen? Ich mochte Flughäfen nie. Sie waren mir und den Italienern und Emil zu steril. Sie sind Treffpunkte für Leute, die sich nicht treffen wollen. Die Öffentlichkeit wird privatisiert. Die neue Partygesellschaft braucht keine Öffentlichkeit mehr.

Die kleine Kneipe ohne Vergangenheit

Eine Einladung bei Freunden: Ein kleines Mädchen, das mit seinen Eltern gekommen ist, bleibt beim Eintreten stehen, sieht irgend etwas und sagt entsetzt: »Das war früher nicht so!«
Wie früh das schon beginnt, daß man eine Vergangenheit hat – nämlich jenes Früher, das eigentlich nur deshalb besser war als das Jetzt, weil es mehr ist als das Jetzt: eine Erinnerung. Auch eine Erinnerung daran, daß man selbst schon war, als alles ganz anders war. Eine Alterserscheinung, auch bei diesem kleinen Mädchen. Wie früh das schon beginnt, und wie schnell wir vergessen, daß eben auch kleine Mädchen ein Alter haben.
Anderntags, als mir der Ausspruch des Mädchens wieder einfiel, fiel mir auch jener alte Mann wieder ein, mit dem ich vor vielen Jahren einige Stunden in der schäbigsten Kneipe der Welt saß. Da standen ein paar billige Küchentische aus dem Warenhaus, die Stühle waren mit Stamoid überzogen, jenem billigen Material, das nicht nur grau ist, sondern auch grau riecht, ein Tresen aus roh gehobeltem unlackiertem Tannenholz, und was das Ganze noch schäbiger erscheinen ließ, war, daß das alles neu war und den Eindruck machte,

noch nie gebraucht worden zu sein. Wir saßen allein hier: kein Wirt, keine Kellnerin, und er holte sich die Getränke selbst hinter dem Tresen und schob mir mein Glas über den Tisch. Die Kneipe hatte auch keinen Namen. Sie hieß wohl nicht einmal Kneipe.

Ich kannte damals den alten Mann schon lange – oder besser: Ich wußte, wer er war, oder vielleicht beides nicht. Er war in seinem Leben etwas geworden, nämlich reich, und er war in seiner Branche ein erfolgreicher und bekannter Unternehmer. Und er stellte seinen Reichtum auch dar: Riesenvilla, Fahrer, Gärtner, Diener, Riesenautos – nicht etwa Mercedes oder BMW, sondern Amerikaner, deren Namen und Typenbezeichnungen er aus Unwissenheit oder Trotz konsequent deutsch aussprach. Und er hatte auch eine Frau, eine schöne und auffällige, die etwa so gut oder so schlecht zu ihm paßte wie seine Amerikaner. Nein, er war weder ein Aufschneider noch ein Protz, und wenn er etwas getrunken hatte, konnte er sehr zutraulich werden und freundschaftlich wie Brechts Puntila.

Aber sonst wußte man wenig von ihm. Er war in Deutschland nach dem Krieg reich geworden, nach jenem Krieg, der nicht nur die Biographien der Schlechten und Halbschlechten auslöschte, sondern auch die der Halbguten, und so einer mag er durchaus gewesen sein. Er stand halt mal zur richtigen Zeit am richtigen Ort und kam zu Firma und Reichtum. Er selbst kam aus der Armut, sein Vater war Gärtner bei einem Reichen, ein solcher Gärtner, wie er nun selbst einen hatte, bei einem solchen Reichen, wie er nun selbst einer war. Davon erzählte er nun in jener schäbigen, menschenleeren Kneipe – aber nur kurz, nur von seiner frühen Kindheit, und dann brach er entsetzt ab, wie wenn er sich fürchtete, die Erzählung könnte zur Biographie verkommen.

Nein, ich hatte ihn nie im Verdacht, daß in seiner Biographie allzu ungute Stellen waren, aber sein Reichtum hatte nicht nur viele Sorgen verscheucht, sondern mit ihnen auch die Sorge, eine Vergangenheit zu haben. Es gab für ihn nur noch eine Zukunft, und die war nun in seinem hohen Alter sehr kurz geworden.

Deshalb erinnerte mich das kleine Mädchen, das bereits ein Alter, ein Früher, eine Vergangenheit hatte, an ihn.

Er lebte ohne Vergangenheit, er gehörte sozusagen nicht mehr zu seiner Vergangenheit. Seine Vergangenheit hatte ihn verlassen, selbst die Vergangenheit, so schien es, große Amerikanerwagen gekauft zu haben, eine Frau geheiratet zu haben. Vielleicht meint »Positives Denken«, von dem Manager so gern sprechen, genau das: Nur noch eine Gegenwart und ein bißchen Zukunft zu haben.

Seine Autos erwähnte er ab und zu, seine Frau nie. Und wenn man Leute aus seiner Umgebung fragte, ob sie denn seine Frau kennen würden, hörte man immer dieselbe Geschichte: »Wenn der Kaminfeger in ihre Villa kommt, muß er sich vor dem Haus in den Rasen legen, und dann saugt sie ihn von oben bis unten mit dem Staubsauger ab.«

Und wenn man sie nach ihm fragte, wußten sie, daß er sich im Keller eine kleine Kneipe eingerichtet habe und sich eigentlich, wenn er zu Hause sei, nur dort aufhalte und lese. Doch habe er dort nie Gäste.

Um diese Kneipe beneidete ich ihn. Und in dieser Kneipe saß ich damals mit ihm, in jener Kneipe, in der er seine verlorene Vergangenheit suchte und die wohl der Kneipe seines Vaters glich. Nur war sie eben neu, und es fehlte ihr die Patina der Vergangenheit.

Meine Besuche in Königshäusern

Auf kaum etwas war ich als Kind so stolz wie auf mein Busabonnement, ein kleines Kärtchen aus braunem Karton mit 20 Feldern, von denen der Busfahrer pro Fahrt mit der Lochzange eines entwertete. Es kostete 5 Franken, das weiß ich noch, weil das damals noch viel, sehr viel Geld war. Aber ich weiß nicht mehr, wie meine Mutter dazu kam, für so etwas so viel Geld von ihrem Haushaltsgeld abzuzweigen. Denn eigentlich war es unnötig, die Busfahrt ersparte nur knapp einen Drittel des Schulwegs: zehn Minuten Weg zum Bus, fünf Minuten Busfahrt und dann wieder zehn Minuten Weg zur Schule, zu Fuß hätte es kaum länger gedauert – eine wirklich unnötige Ausgabe, und ich frage mich, weshalb meine Mutter mir etwas so Unnötiges kaufte. Vielleicht hatte ich es mir zu Weihnachten gewünscht oder zum Geburtstag, oder sie wußte, daß ich das nun einfach dringend brauchte – nicht eigentlich zum Fahren, sondern nur zum Dazugehören, Dazugehören zu jenen, die Bus fahren, zu jenen, die den Fahrer kennen und die der Fahrer kennt.

Ich habe Sorge getragen zu meinem Abonnement, ein halbes Jahr oder länger haben die zwanzig

Fahrten gereicht. Das Dazugehören war mir wichtiger als das Fahren.
Mein Generalabonnement für die Eisenbahn erinnert mich daran und auch jene Passagiere, die heute im Bus vorn neben dem Fahrer stehen und sich mit ihm unterhalten, nicht nur über Fußball und Tagesthemen, sondern auch über das Busfahren, über Fahrplan und Arbeitspläne, und die mit ihm oft die ganze Strecke mehrmals hin und her fahren. Sie gehören dazu. Ich habe durchaus Verständnis für ihr Tun. Es erinnert mich an meinen damaligen Stolz auf mein Abonnement, an meinen Stolz dazuzugehören.
Ich bin stolz darauf, daß der Busfahrer mich kennt, und ich fahre mit meinem heutigen Abonnement nicht nur Bus, sondern ich besuche auch sozusagen den Fahrer – wir kennen uns und haben etwas miteinander zu tun. Er ist nicht nur der Fahrer, er ist auch der Gastgeber. Er oder sie ist der Bus, so wie der Wirt oder die Wirtin die Wirtschaft ist.
Und ich erinnere mich an Linda, damals vor vielen Jahren im Tessin. Sie war eine alte Wirtin, und wer sie kannte oder gar von ihr gekannt wurde, war stolz darauf. Ich weiß nicht, und wohl niemand wußte es, ob ihr Restaurant überhaupt einen Namen hatte. Man ging zur Linda. Sie war weder schön noch ausgesprochen freundlich, sie

konnte launisch sein, sie konnte laut sein, und sie kochte, was sie wollte, und sie kochte gut. Und hätte sie, was unvorstellbar war, etwas weniger gut gekocht, man wäre trotzdem zur Linda gegangen. Nein, eine Wirtin war sie eigentlich nicht, sie war die Wirtschaft, eine Wirtschaft, zu der diese schäbige Gourmetführer-Bemerkung »gutes Preis-Leistungsverhältnis« nicht passen wollte, sie war eine Wirtschaft, und das war ein guter Teil ihres Charmes, in der der Gast nicht König war. Sie war die Königin. Sie hatte die Macht. Sie verteilte die Sympathien. Und wenn man sie besuchte, dann besuchte man die Königin, und man sonnte sich in dem erhebenden Gefühl, Gast der Königin sein zu dürfen. Wie schäbig klingt in diesem Glanz die alte Gastronomen-Platitüde: »Der Gast ist König.«

Mag sein, daß es Leute genug gibt, denen es Spaß macht, als König Untertanen zu besuchen. Ich gehe lieber Leute besuchen, die selbst jemand sind, die eine Meinung haben und diese auch kundtun, die ihre Launen haben und ihren Trotz. Ich möchte nicht nur ein Gast sein, ich möchte hier in der Beiz auch auf Besuch sein.

Ja, das Beizensterben, ein Dauerthema der alten Männer am runden Tisch, und dann werden all die schönen, kleinen, gemütlichen Wirtschaften, die es nicht mehr gibt, aufgezählt, und selbstverständlich haben alle einen Wirt, eine Wirtin: die Lisbeth von der »Blume« und das Mutti Lavagnini, und man erzählt sich, wie sie schimpfen konnte mit den Gästen, wie sie ihnen Anstand beibrachte, wie sie gar unfreundlich sein konnte – und wie man sie liebte und verehrte, die Königin in ihrem Reich. Vielleicht gibt es gar kein Beizensterben, vielleicht sterben nur die Königinnen aus.

Zwar bin ich selbst durchaus trotzig und republikanisch und mag richtige Könige nicht. Aber ich mag es, wenn ich den Buschauffeur kenne, wenn der Kondukteur im Zug mit mir spricht, wenn der Polizist auf der Straße grüßt, und ich mag es, Stefanie oder Lili zu besuchen, denn es gibt etwas, das ich noch weniger mag als Könige – nämlich, wenn ich selber einer sein müßte.

Im Schnee von vorgestern

Eine lange Bahnfahrt mit unfreiwilligen Umwegen von Zürich nach Solothurn, viereinhalb Stunden im Zug mit Umleitungen und Umsteigen, und irgendwie begannen es die Leute zu genießen. Sie legten nach und nach ihre Zeitungen beiseite. Sie schauten nach und nach nicht mehr auf die Uhr, fragten nicht mehr, wo wir denn inzwischen seien, sie saßen nur noch da, sie fuhren nur noch Eisenbahn. Nein, nicht daß die Leute nun viel miteinander gesprochen hätten – ein paar Bemerkungen, ein paar Witze. Im Speisewagen, vorläufig wurde er noch bedient, saß ein Debiler. Er sprach Französisch, und weil er das mühsam und langsam tat, hatten nun auch die Deutschschweizer die Gelegenheit, ihr Schulfranzösisch an den Mann zu bringen. Das machte aus den Passagieren so etwas wie eine Gemeinschaft. Ich war überrascht über die Gelassenheit aller und vor allem über meine Gelassenheit. Und für den Debilen war es offensichtlich noch etwas mehr – für ihn schien es nichts anderes zu sein als ein Jetzt, wobei er durchaus mitbekam, daß es eine besondere Situation war, er schien durchaus eisenbahngewohnt zu sein, aber – was auch mit ihm geschah und mit seiner

Umgebung und den Umständen – es war ein Jetzt. Die Lilien auf dem Felde, die sich nicht sorgen um den morgigen Tag. Und sein Jetzt wurde nach und nach zu meinem Jetzt, und Zürich war wieder dort, wo es in meiner Kindheit war – weit, weit weg. Dort, wo es vor hundertfünfzig Jahren lag – mehrere Stunden von Solothurn.

Ja, der Schnee – ich nehme an, daß er jetzt, wo Sie das lesen, weg sein wird. Ich hoffe, daß jetzt, wo Sie das lesen, so etwas wie Frühling sein wird. Und sehr wahrscheinlich haben wir ihn schon bald vergessen, den großen Schnee, und erinnern uns an ihn wie an den Wunsch nach einer weißen Weihnacht. Jener White-Christmas-Schnee, der nicht naß und umständlich ist, sondern sanft und weiß wie Watte.

So wird er auch in der Erinnerung der heute Siebenjährigen sein, die schon bald – in zehn, in zwanzig, in fünfzig Jahren – erzählen werden, daß es früher noch richtige Winter gab, mit richtigem Schnee, mit hohen Schneewalmen – Schnee vom November bis im März. Und so leben wir denn alle schon heute im Früher, wie all jene Passagiere, die sich still darauf freuten, davon erzählen zu können. Denn erzählen ist immer Vergangenheit, und das Erzählen ist tröstlich, und nur deshalb verfallen wir immer wieder dem fatalen Irrtum, daß früher alles besser war.

Im Zug wird übrigens kaum vom Schnee gesprochen. Auch jetzt im März ist er keine Überraschung. Er war vorausgesagt – Tag, Zeit und Menge, und die Voraussage stimmte.
Früher gab es noch jene häufige und eigenartige Äußerung der Leute: »Der Wetterbericht will Schnee«, wie wenn der Wetterbericht etwas wollen oder gar herstellen könnte. Und weil alle wußten, daß er das nicht kann, hatte das »Er will Schnee« etwas Tröstliches: Er will zwar, aber er bekommt es vielleicht nicht. Jene, die keinen Schnee möchten, hatten noch eine Chance. Und man konnte damals noch, wenn man geschickt genug war, den Lehrer dazu überreden, trotz schlechtem Wetterbericht auf die Schulreise zu gehen, und man hatte eine Chance, auch so einen guten Tag zu erwischen – der Regen und der Schnee, die Sonne und der Nebel hatten trotz wissenschaftlichem Wetterbericht immer noch die Gelegenheit, zufällig zu sein – die Zukunft war damals weder versaut noch vergoldet. Die Freude, daß eine alte Bauernregel mal ausnahmsweise richtiger war als der Wetterbericht, war groß. Und wenn die Bauernregel in diesem Jahr versagte, dann hatte sie im nächsten Jahr noch durchaus eine Chance. Ich bin froh, daß ich zum mindesten eine Kindheit mit einer kleineren Treffsicherheit der Wetterberichte verbringen durfte. Ich durfte

noch, auch wenn Regen angesagt war, auf Schnee hoffen. Ich durfte auf Wärme hoffen, wenn Kälte vorausgesagt war.
Ich bestaune die zunehmende Exaktheit der Prognosen, und ich sehe ein, daß sie ihre Notwendigkeit haben. Prognosen sind nicht neu, und den neugierigen Blick in die Zukunft gibt es wohl, seit es Menschen gibt. Ich glaube ganz und gar nicht an Astrologie, aber irgendwie sind mir ihre Prognosen, die Horoskope, lieber als der Wetterbericht, weil sie mir bei allen Drohungen und Versprechen meine Zukunft lassen – eine Zukunft auch, die durch Erfahrung nicht ganz unbekannt ist: Der Frühling und der Sommer werden kommen. Aber auf der allzu langen Fahrt durch den großen Schnee von Zürich nach Solothurn lebten wir nicht einmal im Heute – wir lebten im Vorgestern des Wetterberichts. Und die Zukunft ist immer dann ohne Hoffnung, wenn wir sie kennen.

Heute kommt Johnson nicht

Am späteren Nachmittag sitze ich meistens hier mit einem Glas Rotwein – der zweite Tisch rechts nach dem Eingang. Heute sitze ich vorläufig allein hier, ich warte auf niemanden, aber nach und nach kommen auch andere und setzen sich zu mir, der Platz mir gegenüber aber bleibt leer. Es ist der Platz, auf dem sonst Johnson sitzt. Heute ist er nicht gekommen, mittwochs kommt er selten. Nein, es gibt keine Regel hier, den Platz von Johnson freizuhalten, und er bleibt heute durch Zufall frei. Nein, ich warte nicht auf Johnson, aber der leere Platz mir gegenüber versetzt mich ohne mein Zutun in die Situation des Wartens – ich schaue auf die Uhr, nein, heute kommt er wohl nicht mehr, und eigentlich möchte ich jetzt gehen, aber ich warte noch mal fünf Minuten, noch mal zehn Minuten, nein, ich warte nicht eigentlich auf Johnson, ich warte nur an und für sich, der leere Stuhl gegenüber hält mich fest und zwingt mich zum Warten.

Und der leere Stuhl erinnert mich an einen anderen, auf den ich schon lange warte, an Rolf Dietler, und an eine Geschichte, die er mir erzählte, eine einfache Geschichte, und sie geht mir nicht aus dem Kopf:

»Siehst du dort jenen Spatz«, sagte er einmal, und er zeigte auf das Dach des Landhauses in Solothurn, und da saß der Spatz oben auf dem First neben dem Dachreiter, einer kleinen, schlichten Kupferkugel. »Er wartet«, sagte er, und irgendwie reagierte ich nicht richtig, und er wurde fast böse und sagte: »Du verstehst nichts – ich erzähl dir das ein anderes Mal.«
Aber all die Tage und Wochen danach, wenn ich dort vorbeiging, schaute ich nach oben, und da saß er wirklich immer noch, der Spatz, und wartete. Auf was?
Ich sitze an »meinem« Tisch und warte. Nein, ich warte auf niemanden, ich warte nur, und Rolf Dietler fällt mir ein und sein Spatz auf dem Dach, der wartete.
Ich weiß nicht, ob Vögel das Warten kennen, ich zweifle daran. Schon als Kind mochte ich jene Tiergeschichten nicht, in denen sich Tiere wie Menschen verhalten und so ähnlich gekleidet sind wie Menschen, aber die Fabeln von La Fontaine, die mir meine Mutter ab und zu erzählte, mochte ich sehr. Darin wurden nicht eigentlich Tiere vermenschlicht, sondern sie erinnerten nur an Menschen. Der Fuchs, der mit einem großen Fleischstück im Maul zu einem Weiher kommt und darin sein Spiegelbild sieht, das Spiegelbild für einen anderen Fuchs hält und irrtümlich feststellt, daß

der andere ein viel größeres Stück im Maul hält. Er schnappt danach, und sein Fleischstück fällt ins Wasser und ist verloren.
Es gab wohl einen Grund damals, daß mir die Mutter die Geschichte erzählte – vielleicht, weil mir das Kuchenstück auf dem Teller meiner Schwester größer erschien als meines. Eine Geschichte, die an Menschen erinnert. Und vielleicht wartet Rolfs Spatz auf dem Dach gar nicht – vielleicht erinnert er nur an das Warten. Und Rolf hat mit gutem Recht gesagt, daß ich nichts davon verstehe – noch nichts davon verstehe. Rolf war schwer krank, todkrank, und er war am Warten – nicht am Warten auf, nur am Warten. Kaum ein anderer hat so intensiv gelebt, so intensiv geschaut, so intensiv genossen, so hartnäckig gefeiert, so trotzig getrauert – ein kräftiger und sentimentaler Poet, der seine Geschichten nicht hergab, auch nicht die Geschichte vom Spatz, der wartete.
Man konnte mit ihm auch still am Tisch sitzen, man konnte versuchen, mit ihm zu warten. Ich habe ihn in dieser Zeit des Wartens sehr gern bekommen, und einmal, plötzlich aus dem Schweigen heraus, sagte er: »Erinnerst du dich an den Spatz auf dem Dachfirst des Landhauses? Einen ganzen Sommer lang saß dort auf dieser Kupferkugel eine Amsel, groß und stolz, und sie sang. Und neben der Kugel saß der kleine Spatz und

bestaunte die große Amsel, und die Amsel ließ sich bestaunen. Und jedesmal, wenn die Amsel ihren Platz verließ, um Futter zu suchen oder ein bißchen herumzufliegen, setzte sich der Spatz frech und schnell auf die Kugel, plusterte sich auf und versuchte zu singen, und er war jetzt selber die Amsel, und wenn sie zurückkam, setzte er sich gleich wieder neben die Kugel und schaute zur Amsel hoch. Und dann eines Tages im Spätsommer kam die Amsel nicht mehr. Vielleicht war sie umgezogen, vielleicht war sie verunfallt – sie kam nicht mehr. Und der Spatz setzte sich neben die Kugel, und seitdem wartet er. Er setzte sich seither nie mehr auf die Kugel. Er sitzt nur noch daneben und wartet darauf, daß die Amsel zurückkommt und sich auf die Kugel setzt.
Ob Vögel das Warten kennen? Ob Menschen das Warten können? Johnson kommt heute wohl nicht. Es ist Mittwoch, am Mittwoch kommt er selten. Aber auf Rolf warte ich oft, auch wenn ich weiß, daß er nicht mehr kommt.

Der Jazzer auf dem Apfelbaum

Seit ich allein hier wohne, ist das Haus kleiner geworden. Das ist eigenartig, denn eigentlich müßte es ja größer geworden sein, und würde ich umziehen, ich würde mir wohl eine kleinere Wohnung nehmen als diese.

Goldfische passen ihre Größe der Umgebung an. In einem kleinen Aquarium bleiben sie klein, in einem großen werden sie größer, und hält man sie in einem Weiher, werden sie richtig große Fische. Menschen aber wachsen zu ihrer Größe ohne Rücksichtsnahme auf die Umgebung. So bleibt der Umgebung wohl nichts anderes übrig, als sich ihnen anzupassen. Mein Haus war schon immer ein kleines Haus, aber seit ich allein hier wohne, ist es noch kleiner geworden. Es hat die Dimensionen verloren. Wenn ich im Zimmer sitze, gibt es nur noch dieses Zimmer. Ich höre die anderen Zimmer nicht. Als wir noch zu viert hier wohnten, hatten die Zimmer noch Stimmen.

Nein, das ist keine Klage, ich bin gern hier, ich bin gern allein, und ich bin froh, daß sich mein Haus einfühlsam der Situation anpaßt.

Wir wohnten einmal zu viert hier, und es war ein

kleines Haus, aber groß genug – dann war noch ein Hund hier, und das Haus blieb groß genug. Inzwischen kann ich mir kaum vorstellen, daß hier mehr als zwei wohnen könnten, und ein Hund schon gar nicht. Ich fürchte mich vor Hunden. Er wurde mir damals aufgedrängt von der Familie. Ich gab nach und wählte ihn aus, einen Boxer, und er schloß sich mir an, ausgerechnet mir. So wurde es dann doch mein Hund, und ich erwartete wenigstens, daß er mir meine Angst vor Hunden auskurieren könnte. Nur hatte ich ihn bald in Verdacht, daß er gar nicht wußte, daß er ein Hund ist. Ich hatte nichts zu lernen von ihm, sondern er von mir. Und so wurde er einer, der auch Angst hatte vor Hunden. Wenn wir beim Spazieren auf einen Bauernhof zukamen, wo ein kleiner Sennenhund kläffte, blieben wir stehen, schauten uns an, und er drehte als erster um. Die Umgebung paßte sich an mich an. Die Umgebung war so wie ich. Wenn ich allein bin, dann ist es das Haus auch.

Der große amerikanische Autor Sherwood Anderson, der große Poet der provinziellen Langeweile, schrieb mal an Hemingway, daß er ihn beneide darum, daß er so weit in der Welt herumkomme, und Hemingway schrieb zurück: »Weißt Du, Sherwood, auch ich bin nicht in der Welt herumgekommen, denn ich bin Amerikaner – und wo Amerikaner sind, da ist immer Amerika.«

Und wir sprechen vorschnell von Integration, und alle wissen gleich, was das ist oder sein sollte. Mein Hund damals zum Beispiel war durchaus integriert, er war so wie ich, und er war eigentlich kein Hund mehr, und hätte er gewußt, was das ist, ein Hund, er hätte keinen Wert darauf gelegt, einer zu sein. Das ist bequem.

Integration? Heißt das, daß sich der Ohnmächtige dem Mächtigen anzupassen hat? Was ich von Hunden auch immer halte, ich bin darauf angewiesen, daß sie mich mögen – so wie die Mächtigen davon ausgehen, daß man sie liebt. Und in der Regel funktioniert es – leider.

Es mag seine Gründe haben, daß unsere Regierung gegen Verbote von gefährlichen Kampfhunden ist, tiefenpsychologische Gründe. Vielleicht weil Hundehalter ein natürliches Verhältnis zur Macht haben; die kleine Macht über den Hund läßt sie die große Macht der wirklich Mächtigen begreifen. Das wäre zwar kein demokratisches Verhalten, aber wo kämen wir hin, wenn die Macht bei den Hunden liegen würde?

Ja, ich genieße es, daß ich mich nicht wie der Goldfisch der Umgebung anzupassen habe, und es ist gut, daß sich mein Häuschen der Menge und Masse der Bewohner anpaßt und für mich kleiner geworden ist, weil ich allein bin. Es wäre nicht angenehm, allein im alten großen Häuschen zu wohnen.

Nur eben, man nennt das eine Illusion. In Wirklichkeit, und das ist nicht einmal erwähnenswert, ist das Haus in seinen Metermaßen nach wie vor dasselbe, und nur mein Gefühl gaukelt mir vor, daß sich die Umgebung mir angepaßt habe. Nur, in diesem Wahn leben auch die Mächtigen.
Integration? Warum fällt mir bei diesem Thema immer wieder der uralte amerikanische Jazzmusiker ein, der nach einem Konzert in Willisau klagte, daß er in seinem ganzen Leben noch nie auf einem Apfelbaum gesessen habe? Am anderen Tag organisierte man zur Sicherheit die Feuerwehr mit einer Leiter und setzte ihn auf den größten Apfelbaum in der Gegend. Da saß er dann und war glücklich.

Nur weil es halt so ist

Vor meiner Wohnung damals in Mainz gab es zweimal in der Woche einen großen Markt, und direkt vor der Haustür stand ein großer Verkaufswagen mit Käse. Fast selbstverständlich ging ich lange Zeit achtlos an ihm vorbei; wohl die Überheblichkeit des Schweizers, der zwar weiß, daß es auch ausländische Käse gibt, französische zum Beispiel, der aber doch davon ausgeht, daß nur die Schweizer etwas davon verstehen.
Warum? Nur weil es halt so ist!
Nachdem ich mich dann etwas mehr in Mainz eingewöhnt hatte, also fast zu wohnen begann, näherte ich mich dann doch dem Käsewagen, war überrascht und angetan von der hervorragenden Auswahl und auch schon bald von der fachlichen Begeisterung des Händlers für seine Käse. Jeder Kauf bei ihm wurde zu einem Gespräch über Eigenart, Herkunft und Geschichte, und jeder Käse wurde durch diese Geschichte einmalig.
Ein Ziegenkäse aus dem Piemont hatte es mir besonders angetan: »Nur auf die Zunge legen und zergehen lassen – kein Brot, keinen Wein.« Der Preis für das kleine Stöcklein war erschreckend hoch, aber ich wurde schnell süchtig, und der Preis

erschien mir bald angemessen. Aber ein nächstes Mal hatte er von diesem Käse keinen mehr. Aber er habe noch einen anderen vom selben Produzenten, der schmecke anders, erklärte er. Sein Ziegenbauer, er kaufe ihm die ganze Produktion ab, habe nur sechzig Ziegen, und diese gehörten zwei Familien an. Bei der Herstellung von Ziegenkäse dürfe man aber nur die Milch von einer Familie verwenden, und dieser andere Käse sei nun ein Käse von der anderen Familie – nein, nicht einer anderen Rasse, nur einer anderen Familie –, und er sei genau so hergestellt wie der andere. Der zweite Käse war aber nicht nur ein bißchen anders – es war ein ganz anderer Käse.
Ich weiß nicht, ob das so ist, ich weiß nicht, ob das wissenschaftlich erhärtet ist, aber es hat mich beeindruckt. Ein Käse mit einer Geschichte, und ein Ziegenbauer, der diese Geschichte lebt, der für sie Zeit investiert, der sich für sie Mühe gibt, der für sie Umstände in Kauf nimmt.
Warum? Nur weil es halt so ist!
Und mir fällt dabei die Geschichte mit dem Drachenbauen ein. Jene fast erwachsenen Männer damals, die richtige Drachen hatten und sie an fingerdicken Seilen in den Wind hängten, waren in Wirklichkeit nicht viel älter als ich, ich war vielleicht neun, und sie waren vielleicht zwölf. Aber ich habe an ihnen hochgeschaut. Mag sein, daß

ihre Leinen nicht ganz fingerdick waren, mag sein, daß sie nicht so muskulös waren, wie sie mir erschienen, aber sie besaßen sozusagen das ganze Wissen dieser Welt – also dieser Welt des Drachensteigenlassens.
Sie kannten die Geheimnisse – nicht nur die Technik, nämlich wie man die Holzstäbe verbindet, wie man die Schnur um sie spannt, wie man die Waage setzt – die drei Schnüre, die die Stäbe mit der Leine verbinden – wie man das Papier klebt.
Ich habe es tagelang versucht – meine Drachen flogen nicht. Mein Vater, ein exakter Handwerker, der alles konnte, hat mir nicht nur geholfen, sondern mir auch gleich die ganze Arbeit aus den Händen genommen. (Ich bin Linkshänder.) Ich aber vertraute meinem Vater und ging mit meinem exakten Drachen stolz aufs Stoppelfeld, wo die anderen ihre Drachen tagelang in der Luft hielten. Meiner stieg ein bißchen und kippte dann oben nach links ab, stürzte steil zu Boden und zerbrach.
Erst nach Tagen nahm sich einer jener zwölfjährigen Männer meiner an und fragte mich, mit was ich den Drachen geklebt habe. »Mit Fischkleister«, sagte ich.
»Mit Fischkleister fliegen sie nicht«, sagte er, »das geht nur mit Mehlpäppeli«, also mit in Wasser angerührtem Mehl, wie es die Mutter im Schrank

hat – eben Mäupäppeli, ich kenne kein schriftdeutsches Wort dafür, und vielleicht fliegen auch schriftdeutsche Drachen ganz anders, und ich wüßte nichts anderes, für das man Mäupäppeli braucht, als eben für Drachen.
Ich ging nach Hause und begann von vorn – am Nachmittag und ohne meinen Vater, der noch auf der Arbeit war, denn mein Vater hätte das mit dem angerührten Mehl – und wohl zu Recht – für einen Blödsinn gehalten. Ich aber glaubte dem zwölfjährigen Mann, der das ganze Wissen über Drachen besaß, baute einen neuen Drachen, spannte die Schnüre, schnitt das Papier, klebte es mit in Wasser angerührtem Mehl, ging zum Stoppelfeld, erwartete wieder jenen fatalen Knicks nach links oder rechts – aber der Drachen blieb in der Luft stehen, blieb stehen, blieb stehen, eine ganze Stunde lang. Drachen, das ist klar – und das ist eine alte Tradition, wie das mit den Familien bei den Ziegen – Drachen fliegen nur mit Mehlpäppeli.
Warum? Nur weil es halt so ist!

Zum ersten August

Vor dem »Totenbeinliclub« fürchteten wir uns, damals als Kinder. Wer ihm in die Hände fiel, der war verloren. Seine Mitglieder ketteten ihre Opfer an Bäume, verschleppten sie, und oft kamen die Opfer erst nach Wochen wieder zurück. Der »Totenbeinliclub« hatte auch eine Zentrale irgendwo in Trimbach, Tag und Nacht besetzt, und ein Netzwerk von Agenten, Spionen und Meldeläufern. Nicht auszudenken, was wir unter heutigen technischen Bedingungen noch dazuerfunden hätten. Ich selbst bin ihnen nie in die Hände gefallen, und ich kannte auch keinen, der ihr Opfer geworden war. Selbstverständlich fand das alles – der Club und unsere Phantasien darüber – nur und ausschließlich im Wald statt. Und hätte es überhaupt so etwas gegeben, die Öffentlichkeit hätte es erfahren, und die Polizei wäre eingeschritten. Wir aber glaubten daran, und gerade, daß außer uns niemand davon wußte, machte die Sache noch grauenhafter, und wir begannen den Wald zu verteidigen, bauten Gräben und Burgen und verschworen uns, hatten die Vorstellung, daß wir jetzt auch eine Zentrale bräuchten und Agenten und Meldeläufer.

Selbstverständlich verlief das alles friedlich, und wir hatten es gut, waren zusammen und vertrauten uns. Wir waren die Guten und verbanden uns gegen das Böse.
Und die anderen waren eben Trimbacher, und wir waren Oltner – kleine Patrioten, die eben nicht so waren wie die anderen und zusammengehörten.
Dann wurden wir ein bißchen älter, und der Spuk war vorbei.
Im Libanon ist Krieg. Dort sind die »Totenbeinliclubs« keine Erfindung von Kindern, sondern unverständliche, grauenhafte Realität. Und selbstverständlich ist das in absolut nichts vergleichbar – außer, daß das dort auch Menschen sind, was wir auch waren, und Patrioten, was wir auch waren.
Und Patriotismus braucht einen Gegner. (Ach, Sie meinen, daß ich hier Patriotismus mit Nationalismus verwechsle? Nein, Nationalismus, das ist immer nichts anderes als der Patriotismus der anderen.)
Ja, wäre der Spuk doch vorbei. So, wie er vorbei war vor ein paar Wochen, als von einem Tag auf den anderen die T-Shirts mit Schweizerkreuz aus dem Straßenbild verschwanden. Ich war mehr oder weniger zufällig in Stuttgart, als das erste Spiel der Schweizer bei den Fußballweltmeisterschaften stattfand. Die Stadt war voller roter T-Shirts. Der Schloßplatz war nur noch rot. Und das

waren nicht etwa nur Schweizer, die eine Karte für das Spiel hatten, sondern Hunderte, die am Ort des realen Geschehens das Spiel auf Großleinwand verfolgen wollten – also echte Schlachtenbummler wie in alten Zeiten, als die Leute zu kriegerischen Auseinandersetzungen gingen, um sie von weitem zu begaffen. (Goethe soll sich die Schlacht bei Bergen vom Stadttor aus in Frankfurt angeschaut haben. Ich halte das für unwahrscheinlich. Die Distanz ist etwas zu groß, aber den Schlachtlärm wird er schon mitbekommen haben und den Nervenkitzel des Jetzt und Hier wohl auch, wie eben auch die Schweizer Schlachtenbummler, die zwar nicht im Stadion waren, aber immerhin hautnah am Ort des Geschehens.)

An und für sich gefallen mir diese Shirts. Rot ist eine schöne Farbe, und das weiße Kreuz macht sich gut darauf.

Mühe damit bekam ich erst Tage später, als Fußball- und Gesellschaftsphilosophen davon schwärmten, daß die Weltmeisterschaften einen neuen, wunderbaren Patriotismus ausgelöst hätten. Übernommen hatten sie das wohl von entsprechenden deutschen Philosophen. »Wir sind wieder wer, und wir sind stolz darauf.« Und wie bei allen pompösen und ungeheuer teuren Veranstaltungen spricht man dann auch gleich von

Nachhaltigkeit: daß dieses Gefühl Bestand haben werde für lange Zeit.
Am Tag nach der Niederlage waren die roten Shirts weg.
Am ersten August könnte man sie eigentlich wieder tragen. Ich sehe sie gern, sie erinnern mich an meinen Lampion, den ich als Kind gläubig durch die Nacht trug. Durch jene Nacht, auf die ich wochenlang wartete. Die einzige Nacht, in der damals kleine Kinder lange aufbleiben durften. Nur sind diese T-Shirts jetzt besetzt durch Fußball, was immerhin besser ist, als wenn sie besetzt sind durch Neonazis.
So könnte ich vielleicht diesmal ganz still und allein mit einem Lampion durch die Straßen gehen. Aber das getraue ich mich nicht. Da müßten schon andere mitmachen, und schon wäre es wieder da, dieses Gemeinschaftsgefühl, und gegen den »Totenbeinliclub« möchte ich nicht mehr kämpfen.

Briefe an einen Freund

Gestern saß ich wieder mit Hugo in der Beiz. Seit wir älter geworden sind – er 76, ich 71 –, treffen wir uns öfter hier.

Wir haben auch wieder etwas zuviel getrunken, ich stellte es erst fest, als ich zu Hause war. Also hatte *ich* wohl zuviel getrunken, aber so, wie ich ihn kenne, hatte er sicher mehr getrunken als ich. Wir sind Kneipengänger, wir reden nicht viel, wenn wir hier sind; wir haben es gemütlich, aber wenn wir reden, dann redet *er* – langsam und leise, aber apodiktisch –, und er erklärt mir die Welt. Keiner weiß so viel wie Hugo, kaum einer ist so belesen wie er. Ich lerne heute noch viel, wenn ich mit ihm zusammensitze, und wir üben uns ein, mit seinem ganzen Wissen, in die Resignation. Noch heute, wenn ich schreibe, sitzt er mir im Nacken. Dann fürchte ich mich vor ihm und reiße mich zusammen. Er ist sehr streng, und ich möchte schreibend nicht vor ihm scheitern. Er verwaltet meine Vorstellung von Qualität, immer noch und für immer. Meine Kolumnen mag er nicht.

Ich schreibe ihm ab und zu Briefe, wenn ich mich nicht mehr anders zu wehren weiß. Ich zerknülle sie und werfe sie in den Papierkorb:

»Lieber Hugo, als ich Dich damals kurz vor Deinem Tod – 1981 – im Spital besuchte, war ich fünf Jahre jünger als Du, inzwischen bin ich zwanzig Jahre älter, als Du wurdest – und trotzdem bist Du immer noch der Ältere. Zwar vermisse ich Dich sehr, aber es hat auch sein Gutes, ohne den Älteren zu leben.
Du hast mir damals, und immer wieder grundsätzlich, alles erklärt. Du hast darüber entschieden, welches die Guten und welches die Schlechten waren. Und seit Du tot bist, läuft das Leben weiter ohne Dein Urteil. Nein, ich habe unter Deinem Urteil nie gelitten, Deine Freundschaft war mir so viel wert, aber ich habe gelitten unter der Vorstellung, unter Dein Urteil zu kommen.
Du hattest so etwas Kategorisches. Inzwischen gibt es oder gab es einen Mann Namens Gorbatschow, Du hast den Namen nicht mehr kennengelernt, da warst Du schon tot. Ich möchte auch nicht wissen von Dir, ob Du für ihn oder gegen ihn gewesen wärst, aber Du warst damals, als Du noch lebtest, so schön voreilig in Deinem Urteil und so ungerecht auch, und Du hättest auch gleich gewußt, wer und wie dieser Gorbatschow ist, Du hättest »Ja« oder »Nein« gesagt, deine Augen zugekniffen, mit der Hand eine wegwerfende Gebärde gemacht und gelächelt.
Ich muß Dir mitteilen, daß die Mauer in Berlin

gefallen ist, daß es die DDR nicht mehr gibt, daß das jetzt alles BRD heißt, und daß es einen Bundeskanzler Kohl gab – Du hättest ihn nicht gemocht – und einen Schröder – Du hättest Bedenken angemeldet, und eine Kanzlerin Merkel, Du wärst mit Sicherheit anderer Meinung als alle anderen über sie gewesen. Das weißt Du alles nicht, und von einem Bundesrat Blocher hast Du nie erfahren. Endlich wäre ich Dir an Wissen überlegen. Für kurze Zeit nur, ich weiß es, denn Du warst immer der Belesenere, und kämst Du zurück, Du hättest immer noch mehr gelesen als ich, und ich hätte Dich in der Zwischenzeit lesend nicht überholt. Frisch ist inzwischen gestorben. Dürrenmatt auch. Dürrenmatts Frau auch, er hatte wieder geheiratet. Du hättest, hättest Du noch gelebt, behauptet, daß Du diese – Du hättest ein Wort gesagt – kennst. Du kanntest sie nicht, und Du kennst sie nicht. Ich muß Dir mitteilen – auch davon weißt Du wohl nichts –, daß Du tot bist. Die Rolling Stones spielen immer noch, noch genau gleich wie damals – kürzlich sogar in Dübendorf. Grass hat den Nobelpreis gekriegt, es gibt einen Tennisspieler, der Federer heißt und Schweizer ist. Und jene, die wir damals als Faschisten bezeichneten, die waren gar keine, denn inzwischen gibt es wieder ganz richtige, und sie nisten sich ein. Die Sowjetunion gibt es nicht mehr ...«

Ich schreibe meine Briefe an Hugo, und dann werfe ich sie weg. Ich schreibe an ihn, weil ich ihn vermisse. Und vielleicht schreibe ich auch, weil es mir schelmischen Spaß macht, daß ich inzwischen doch einiges weiß, was er nicht wissen kann, etwa, daß es die Sowjetunion nicht mehr gibt, daß es einen Bundesrat Blocher gibt, daß Federer die Nummer eins ist, daß der FCB inzwischen schon wieder ein bißchen Mühe hat und daß der Juli 2006 heiß war – ja, daß es inzwischen ein 21. Jahrhundert gibt und daß man das eigentlich kaum merkt.
Und ich stelle mir immer wieder vor, wie das wäre, wenn er wirklich zurückkäme. Wenn ich ihm bei einem halben Roten erzählen würde, was inzwischen alles war und wie sich alles, alles verändert hat – Golowin ist gestorben.
Und er würde mir zuhören und alles schnell begreifen, und schon zwei Tage später wäre ihm alles selbstverständlich, und er würde es mir mit philosophischen Belegen erklären.
Gestern saß ich wieder einmal mit ihm in der Beiz. Wir haben geschwiegen – so geschwiegen, wie wir auch damals oft schwiegen. Es war wieder mal ein guter Abend.

Von der Macht und der Weisheit

Wenn ein Priester etwas braucht, dann zeigt er nur mit dem Finger darauf, und er bekommt es«, erklärte mir mein Freund in Bali. »Die Priester sind also mächtig«, sagte ich.
»Ja, sie sind sehr mächtig. Sie haben alle Macht.«
Und als ich sagte, daß sie sich so auch bereichern könnten, schaute er mich entsetzt an und sagte: »Nein, sie sind weise.«
»Aber gibt es denn nicht einzelne, die ihre Macht mißbrauchen und Besitz anhäufen«, und er wiederholt nur, daß sie weise seien, und daß sie nur auf eine Ente zeigen, wenn sie eine brauchen.
Ich lasse nicht locker, und sage, daß es ja doch auch nur Menschen seien, und Menschen neigten doch dazu, ihre Macht zu mißbrauchen, und wenn das vielleicht auch nicht alle täten, dann doch sicher einzelne. Und er fragte mich, ob das so sei bei uns in Europa. Ich nicke beschämt.
Und er sucht nun nach einer Erklärung, um mich zu trösten, und nach einer langen Stille sagt er: »Die Priester sind müde, sie kommen aus einer strengen Schule, sie haben ein Leben lang gelernt und gelernt, Sanskrit und andere Sprachen und das ganze Wissen der Welt, und sie sind schon sehr

alt, wenn sie endlich Priester sind. Dann sind sie zu müde, um ihre Macht zu brauchen.« Er sagt nicht »mißbrauchen« – er sagt nur »brauchen«. Müdigkeit als gesellschaftliches Prinzip? Es gab doch jene Ältestenräte, die Senatoren, die Alten, und wir nehmen an, daß es diese Räte gab, weil alte Leute viel Erfahrung haben. Aber könnte es nicht auch sein, daß man die Müdigkeit des Alters nutzen wollte? Vielleicht hat Weisheit auch mit Müdigkeit zu tun. Sie hieß einmal Bedächtigkeit. »Laßt dicke Männer um mich sein«, soll Cäsar gesagt haben. Meinte er vielleicht langsame Männer? Auch mir ist unsere Demokratie oft zu langsam – aber wehe, wenn sie zu schnell wird und politische Erfolge zum Sport werden.

Karl ist uralt, und das ist er wohl geworden, weil er lange jung geblieben ist und seinen Gewerbebetrieb, eine kleine Fabrik, bis ins hohe Alter fest im Griff hatte, ein erfolgreicher Bösewicht – durchaus mit einer Seele zwar und nicht unmenschlich, aber ein bißchen mächtig schon. Jetzt ist er wirklich alt, sehr alt – und er ist mir richtig lieb geworden, ein gescheiter Mann, der sehr viel weiß. Es geht ihm gut, er ist gesund und geistig wach – nur viel langsamer als damals, nicht etwa weise, dazu ist er immer noch zu witzig und zu schlau, aber bedächtig, die Welt, die er einmal erobern wollte, endlich beschauend und als wacher Beobachter genießend, wie der Bauer, der sonntags im guten Anzug, Berntuch, gemächlich am Feld entlang ging und das Werden seiner Arbeit anschaute. Diese Bauern gibt es nicht mehr – und vielleicht hat es sie auch damals nur in der Vorstellung gegeben, denn die Zeiten waren damals keineswegs besser, und die humanitäre Schweiz war schon damals eine Legende – nur, die Gemächlichkeit ließ etwas mehr Platz für die Hoffnung. Voreilige Realisation und aktiengesellschaftliche Relevanz lassen wenig Platz für die Hoffnung übrig.

Oder, wieder einmal, wie Robert Walser schrieb, und auch das ist schon hundert Jahre her: »Es ist meine feste Überzeugung, daß wir alle viel zu wenig langsam sind.«

In der anderen Ecke am runden Tisch sitzen ein paar Leute, ältere, die Zeit haben. Sie feiern – nicht etwa ein besonderes Ereignis, keinen Geburtstag, keinen Sieg – sie feiern einfach so – das ist schön. Aber sie feiern vedammt schnell, trinken schnell, reden schnell, denken schnell, und sie reden irgend etwas, weil man ja schließlich etwas reden muß.

Mäni Weber ist gestorben. Sie haben ihn alle gut gekannt. »Als er einmal zu uns kam, trug er rote Stiefel«, sagt einer. »Ja, der war stockschwul«, sagt der Alte am Tisch – »ich kannte den gut, ich habe oft mit dem gesoffen.« Ich überlege mir, ob ich eingreifen soll, zum Tisch hinübergehen soll und sagen soll, daß ich ihn wirklich gekannt hatte, und daß ich ihn mochte. Aber sie loben ihn jetzt bereits. Er ist jetzt bereits der Beste, und alle anderen – sie zählen jetzt wahllos Prominente auf – haben ihn nicht besucht. Die haben ihn sitzenlassen. Das sind eingebildete Laffen, die haben ihn einfach sitzenlassen. Und dann schwappt es wieder über – und überhaupt, was bildete der sich ein, und diese Weiber. Sie zitieren und kommentieren hilflos all das, was sie in den Zeitungen gelesen haben. Ja, ja – er gehört ihnen – sie haben schließlich schon gelebt, als er noch erfolgreich war. Sie sind überzeugt, daß sie ihn ganz persönlich kannten, und der Tisch wird laut, und jeder weiß irgend etwas besser als der andere. Sie haben wie der balinesische Priester auf ihn gezeigt. Sie haben die Macht, sie zeigen auf alles und besitzen es. Der Priester aber zeigt nur ab und zu auf eine Ente.

In den Wind geschrieben

Ein kleines Mädchen, Erstkläßlerin, hat auf dem Dachboden eine alte elektrische Schreibmaschine gefunden. Sie funktioniert nicht mehr, man kann auf ihr nicht mehr schreiben. Nun sitzt das Mädchen in der Ecke des Zimmers und spielt Schreibmaschine. Nein, nicht so, wie man auf einer Schreibmaschine schreibt, sondern so, wie man auf einem Klavier die Töne anschlägt. Mit einem Fingerchen berührt es sanft eine Taste, schaut auf und schaut dem Buchstaben in der Luft nach, so wie man einem verklingenden Ton nachhört. Dann einen zweiten, einen dritten Buchstaben, und der Blick in die Luft und das »Hören« des »Dreiklangs«. Das Mädchen spielt ernst und andächtig, und als es dies nach einer Stunde immer noch tut, gehe ich unter einem Vorwand an ihr vorbei und schaue auf die Tastatur und ihre Fingerchen. Sie schreibt wirklich, sie schreibt Wörter und Sätze – Sätze, die nie irgendwo ankommen werden, die nie irgendwo stehen werden, Sätze, die sich in der Luft auflösen, die ab jetzt nirgends und überall sein werden – Sätze, die so sanft sind wie ihre Fingerchen, so zart, daß sie niemand sehen kann. Aber sie sind geschrieben, einmal und

für immer – der Ernst der Poesie. Ich werde still und staune – wir sprechen nicht davon.
Und die Sätze des Mädchens, die sich irgendwo in der Luft verlieren, erinnern mich an eine Grabinschrift von 1821 auf dem Cimitero acattolico – dem alten protestantischen Friedhof in Rom. Der große englische Poet John Keats, der mit sechsundzwanzig Jahren an der Schwindsucht starb, wünschte sich diesen Satz auf seinem Grabstein ohne Namen: »Here lies one whose name was writ in water – Hier liegt einer, dessen Name ins Wasser geschrieben wurde.« Der Satz hat wohl nicht nur mich beeindruckt, sondern auch Tausende andere, die diesen Friedhof besucht haben; aber mir scheint, daß ich ihn erst jetzt, als das kleine Mädchen seinen Wörtern in der Luft nachschaute, verstanden habe – ins Wasser geschrieben, in die Luft geschrieben. Ist das weniger als auf Papier oder vielleicht doch immens mehr? Ist der Name, der ins Wasser geschrieben ist, ein Nichts oder ein Alles?
Ich fürchte mich vor dem Tagebuchschreiben. Ich habe es ein Leben lang immer wieder versucht und jedesmal nach zwei, drei Tagen wieder aufgegeben. Das Tagebuch versaute mir die Tage. Ich schrieb nicht abends auf, was ich tagsüber gelebt hatte, sondern ich begann fürs Tagebuch zu leben: Ich bewegte mich fürs Tagebuch, ich schaute fürs

Tagebuch, ich wählte die Kneipen fürs Tagebuch aus und auch die Leute, mit denen ich redete. Das Leben wird öde, wenn es nur noch Bedeutung zu haben hat – und der mögliche Tagebucheintrag »Heute nichts Besonderes« könnte unter Umständen auch heißen, daß der heutige Tag nichts anderes als wunderschön war.

Selbstverständlich aber vermisse ich inzwischen mein Tagebuch. Ich weiß nicht mehr, wie jener geheißen hat, der mich mit seiner Geschichte, die ich vergessen habe, so sehr beeindruckt hat, und ich weiß auch nicht, wo und wann das war – mir fehlen alle Beweise, verloren für immer. Hätte ich doch wie das kleine Mädchen mein Tagebuch auf einer Tastatur ohne Funktion geschrieben, dann wäre es wenigstens geschrieben und nicht verloren, dann würde es irgendwo im All und in Allem aufgelöst sein – zwar nicht zu gebrauchen, aber nicht verloren. Und vielleicht habe ich das auch getan. Vielleicht hat das meiste, was ich geschrieben habe, das Papier nicht erreicht, sondern nur die Luft und das Wasser. Aber mit soviel Geduld, mit soviel Ernst und so andächtig, wie dem Mädchen, ist es mir nicht gelungen. Selbst bei den Luftsätzen warf mir meine Eitelkeit einen Knebel zwischen die Beine und warf mich auf die Erde zurück.

Jemand erzählte mir mal, ohne Tagebuch weiß ich

nicht wer und wo, daß er kurz nach dem Krieg die damals noch unbekannte und in Armut lebende Lyrikerin Nelly Sachs, die spätere Nobelpreisträgerin, in Stockholm besuchte und daß er sehr erschrak, als er sah, wie sie auf einer Schreibmaschine ohne Farbband schrieb und wie auf dem Papier keine Buchstaben ankamen. Er fürchtete, sie könnte den Verstand verloren haben. Ihr fehlte aber nur das Geld, um Papier zu kaufen, und sie fand zufällig eine große Schachtel mit Wachsmatrizen. Nun beschrieb sie diese und sagte: »Wenn es später vielleicht doch etwas sein sollte, kann man es immer noch von den Matrizen drucken.« Vorläufig in den Wind geschrieben.

Wie hat sie nur geheißen?

Warum muß ich wissen, wie der schöne Vogel heißt, der vor meinem Fenster auf einem Ast sitzt? Er selbst weiß ja auch nichts davon, daß er ein Buchfink ist oder ein Rotschwänzchen, ein Spatz oder eine Lerche. Und jemand, von dem man sagt, daß er alle Vögel kenne, kennt in der Regel nur Namen, und ich bin ja auch kein Menschenkenner, nur weil ich die Namen der Menschen kenne. Meine Nachbarn grüße ich aber mit Namen. Darauf haben sie ein Recht, und im Unterschied zu den Vögeln wissen sie auch selbst, wie sie heißen. Die Frau Schwander ist weder eine Frau Bohnenblust noch eine Frau Meier. Sie heißt auch nicht ..., und schon beginnt das Elend mit den Namen, irgendein Name, irgendeiner, und es fällt mir keiner ein, denn irgendeinen Namen gibt es nicht – selbst Meier ist nicht irgendein Name, und nur der Meier ist der Meier.

Ein paar kleine Schülerinnen interviewen mich, eine Aufgabe für die Schule:

»Wie viele Bücher haben Sie geschrieben?«

»Wie lange haben Sie für ein Buch?«

Und dann fragt die Kleinste, die bis jetzt nur zugehört hat: »Wie finden Sie die Namen?«, und ich weiß, daß ich es mit einer Kollegin zu tun habe. Offensichtlich schreibt sie Geschichten, und zwar heimlich wie ich damals, und sie kennt das Leiden mit Telefonbüchern wohl schon: Irgendein Name, kein ausgefallener, irgendeiner, und die Suche kann tagelang dauern. Ich verrate sie nicht, aber wir reden jetzt unter Kollegen, und die anderen Kinder langweilen sich. Sie möchten wissen, wie lange, wie viele, wie dicke.

Auch in einer Geschichte bleiben die Namen für immer – man kann Hamlet nicht durch Jakob ersetzen.

Wenn ich in einer fröhlichen Runde einen Witz erzähle, und mir plötzlich der Name entfällt, den ich der Figur schon immer gegeben habe, dann bleibt mir nichts anderes übrig, als mit dem Erzählen aufzuhören und zu behaupten, daß mir die Pointe entfallen sei. Mit einem anderen Namen wäre es nicht mehr dieselbe Geschichte. Wenn das auch für alle Zuhörenden eine neue Geschichte wäre, mit eben irgendeinem Namen. Meine Geschichte aber wäre es nicht mehr – Hamlet funktioniert nicht mehr, wenn er Jakob heißt.

Wohl deshalb möchte ich wissen, wie der Vogel heißt, der vor meinem Fenster auf dem Ast sitzt – denn wenn er Spatz heißt und nicht einfach nur Vogel, dann kriegt er seine Geschichte.

»Wie hat sie nur geheißen, die Wirtin in der Rose?«

»Das war die Frau Sommer.« »Ja, so ähnlich, aber nicht Sommer – nein, Sommer hat sie nicht geheißen.« Und eine halbe Stunde später plötzlich: »Feier hat die geheißen, Frau Feier.« Und die Runde strahlt. Der Name ist zurückgekommen. Nein, es werden jetzt nicht Geschichten erzählt über die damalige »Rose«, diese wunderbare Kneipe, die es nicht mehr gibt – aber eine Viertelstunde später sagt einer: »Ja genau, die Frau Feier.« Und alle lassen noch mal den Namen über ihre Zungen und Lippen gleiten. Der Name selbst ist die Geschichte, und ohne den richtigen Namen ist es keine Geschichte mehr. Wie hat er nur geheißen, wie hat er nur geheißen? Ja, richtig – Hamlet.

Wir holen Geschichten zurück, wenn wir versuchen, Namen zurückzuholen. Sie haben sehr viel Gewicht, diese Namen, sind beladen mit Gutem und Bösem, sind beladen mit Geschichte und Geschichten. Es ist eine schwere Schlepperei, Namen zurückzuholen.

Am Stammtisch sind die alten Männer Tag für Tag damit beschäftigt, Namen zurückzuholen, Namen von Pilzen, Namen von Blumen, Namen von Vögeln und all die Namen von ehemaligen Kneipen, ehemaligen Kellnerinnen, ehemaligen Wirten – und alle beklagen sich über ihr schlechtes Namengedächtnis. Aber hätten sie ein gutes, es würde sich nicht lohnen, nach Namen zu suchen.

Sie kommen von weit her, die Namen – und wenn sie endlich da sind, werden sie freudig begrüßt.
Und was ich hier schreibe, das ist die Geschichte einer Kolumne, die ich nicht schreiben konnte, weil mir der Name von jenem, von dem ich erzählen wollte, nicht eingefallen ist. Für die Leserin wäre meine Kolumne auch mit einem anderen Namen verständlich gewesen. Und vielleicht hätte ich den Namen durch einen anderen ersetzen müssen, damit man ihn nicht erkennt. Trotzdem, ohne den richtigen Namen bekam seine Geschichte keine Konturen. Irgendeinmal, wenn du nicht daran denkst, wird er dir einfallen, tröste ich mich.
Aber auf der langen Suche nach dem Namen ist mir ein anderer eingefallen – Markus. Ein Name, der für mich jahrelang mit Schrecken verbunden war. Markus war das Böseste, was mir je begegnet ist – ein kleiner gleichaltriger Junge, der alles und alle quälte. Jetzt weiß ich nicht mehr, wie er aussah und was er denn eigentlich Böses tat. Mit dreißig wußte ich das wohl immer noch. Markus, der Name einer schrecklichen Geschichte. Jetzt ist sie plötzlich weg, die Geschichte, und der Name steht nackt da. Der Schrecken ist weg, das erschreckt mich.

Das Warten auf der Flucht

Der Zug wird nächstens sein Ziel erreichen. Schon schnellen die ersten von ihren Sitzen hoch, reißen ihre Mäntel vom Haken, ziehen sich eilig an, ergreifen ihre Taschen und reihen sich auf im Gang des Wagens, wie wenn es darum gehen würde, die besten Startplätze in einem Rennen zu erkämpfen. Sie stehen eng hintereinander, den Blick auf die Tür gerichtet, durch die sie den Zug in vielleicht fünf oder sieben Minuten verlassen werden.
Eben noch saßen sie mehr oder weniger gelangweilt da, lasen etwas, lösten Kreuzworträtsel oder unterhielten sich angeregt. Nun sind die Gespräche verstummt – die Konzentration vor einem Hundertmeterlauf – immer noch fünf Minuten bis Zürich. Ich wage nicht, in ihre Gesichter zu schauen, sie in ihrer Konzentration zu stören.
Mir aber fehlen noch ein paar Zahlen in meinem Sudoku, eben bin ich der Lösung nahe gekommen. Ich werde einmal mehr zu spät sein. Die Einsteigenden werden mir entgegenkommen, sie werden sich entschuldigen, ich werde mich entschuldigen – mein Fehler –, wir werden uns aneinander vorbeidrängen, mir wird es peinlich sein.
Ja, man kann auch durchaus zu spät aussteigen,

aber warum sind die anderen schon so früh und gespannt wie Rennpferde vor dem Start?

Ist es Angst? Eine ererbte Angst von unseren Vorfahren vielleicht, die sich noch fürchteten vor den Feuer speienden Dampfrössern der ersten Eisenbahnen?

Oder ist uns vielleicht die Geschwindigkeit der Eisenbahn doch nicht so selbstverständlich, wie wir glauben? Flüchten wir aus der Geschwindigkeit, oder sind wir im Gegenteil so sehr auf Geschwindigkeit getrimmt, daß wir nun beim Aussteigen versuchen, sie fortzusetzen? Oder sind wir ganz einfach, wenn wir reisen, auch immer ein wenig auf der Flucht – auf der Flucht vor uns selbst auch – und setzen beim Aussteigen die Flucht fort?

Irgendwo im geheimen scheinen unsere schnellen Fortbewegungsmittel – das Auto, die Eisenbahn, das Flugzeug – doch auch mit Flucht zu tun zu haben, oder sie erinnern uns immer wieder an unsere uneingestandenen Fluchtwünsche. Das Flugzeug für die Flucht auf die Insel, und das Auto benützen wir nicht nur, um von A nach B zu gelangen, wir brauchen es auch zum Fahren – zum Fahren nach Irgendwo, und wenn wir es auch nur ausschließlich für unseren Arbeitsweg brauchen, so soll es trotzdem riesig stark sein, einen Vierradantrieb und sämtliche weiteren Schikanen für außerordentliche Fälle haben, denn auf unserem alltäglichen kurzen Weg zur Arbeit könnten wir uns doch einmal verfahren und uns in der Wüste Gobi, in der Antarktis oder in irgendwelchem Irgendwo wiederfinden. Das Auto ist ein Gerät für alle Fälle – und einer von diesen vielen Fällen heißt Flucht.

Wenn ich Eisenbahn fahre für nichts, für gar nichts – weder um irgendwo anzukommen noch um die schöne Landschaft vor dem Fenster zu genießen, noch Leute zu treffen, einfach so, nur um zu fahren – dann verspüre ich dieses kleine, eigenartige Gefühl der Flucht – einfach weg, weg aus dem Alltag. Und sie haben zu meinem Vergnügen etwas Spießbürgerliches, meine vielen Fluchten mit der Bahn. Sie finden in Geleisen statt, nicht nur in der Sicherheit des Betriebs, sondern auch in der Sicherheit, daß diese Geleise wieder zurückführen werden zum Ausgang, denn endgültig soll die Flucht ja nicht sein – nur ein kleines bißchen Flucht zur Probe.

Und ich treffe Mitflüchtende, die auch nur so fahren: die Bahnclochards, Obdachlose, die sich mit einem Generalabonnement eine billige und gute warme Wohnung mieten. Rentner und Rentnerinnen, die sich mit dem GA eine fahrende Zweitwohnung leisten und darauf bedacht sind, das Abonnement auch richtig auszunützen, und sie fahren und

fahren und genießen es, nicht zu Hause sein zu müssen.
Aber wenn sie aussteigen wollen, dann schnellen sie schon sieben Minuten vor der Ankunft von den Sitzen hoch, raffen ihre Güter zusammen und stellen sich wartend in den Gang des Wagens.
Die Ankunft hat mit Warten zu tun, wer ankommt, erwartet etwas. Ankunft, Ankommen – lateinisch Adventus, advenire. Advent wäre die Zeit des Wartens, des Erwartens. Auch ich kann das Warten nicht mehr. Aber ich erinnere mich noch daran, wie ich als Kind auf Weihnachten wartete – nein, nicht nur auf die Geschenke, auch auf das Christkind und auf das Bäumchen, das nur unser Vater vor uns allen gesehen hatte, und wenn der Vater die Tür öffnete, sahen wir das Bäumchen im Glanz seiner Kerzen. Das war bei uns so, bis ich erwachsen war. Und eines Tages war es zu Ende. Bäumchen gab es immer noch, aber das Warten und das Erwarten nicht mehr. Ich wünsche Ihnen trotzdem ein schönes Bäumchen und die Geduld, sitzen zu bleiben, bis die erlöschenden Kerzen Schattenbilder an die Wand des Zimmers flackern.

Beim Aufräumen zum neuen Jahr

Der Schuhmacher Häfliger hatte Pech. Deshalb hielt ich ihn für einen reichen Mann; denn Pech war etwas aus dem Märchen: Die Goldmarie und die Pechmarie aus der Frau Holle. Ich saß als Kind neben ihm in der Werkstatt und schaute zu, wie er den Zwirn durch das Pech zog, bevor er nähte. Er wußte sehr viel zu erzählen, und er hatte Zeit und erzählte langsam, und er war ein sehr freundlicher und ordentlicher Mann, aber die Ordnung in seiner Werkstätte erkannte man eigentlich erst, wenn man ihm beim Arbeiten zuschaute, wenn man sah, wie er ohne aufzuschauen nach seinen Werkzeugen griff und stets das richtige in der Hand hatte. Aber es gab viel Staub in seiner Werkstatt, und sie war dunkel, und sie machte auf den ersten Blick den Eindruck von Unordnung – in dieser »Unordnung« fühlte ich mich wohl, und ich verbrachte einen guten Teil meiner Kindheit mit Schuhmacher Häfliger. Ich muß sehr viel von ihm gelernt haben, aber ich habe es bei ihm so selbstverständlich gelernt, daß ich nicht sagen könnte, was ich gelernt habe. Ich weiß nur, daß es sehr viel sein muß. Und vielleicht war es auch nur, daß es mir wohl war in seiner ordentlichen Unordnung.

Was habe ich mich in meinem Leben bemüht um Ordnung! Sie ist mir nie gelungen. Und wenn es doch mal geschah – gerade kürzlich war es in meinem Zimmer wieder einmal fast soweit –, daß der Tisch leer war, die Bücher an ihrem Platz standen, die Vase mit den Blumen schön auf dem kleinen Tischchen, dann setzte ich mich auf einen Stuhl, betrachtete mein Werk, war stolz auf mich, dachte an meine Mutter, die mich vielleicht gelobt hätte, nahm ein Buch und versuchte zu lesen und schaffte es nicht, versuchte einen Brief zu schreiben, und es fiel mir nichts ein, und saß da und fühlte mich nicht wohl in meinem Zimmer. Irgendwie war es mir, wie wenn ich allzusehr in meine Umwelt eingegriffen hätte. Wir zerstören unsere Umwelt ja nicht nur mit Unordnung, sondern wohl viel mehr mit Ordnungen, die uns gefallen sollen und ihr nicht behagen wollen.

Nein, in meiner Unordnung ist es mir auch nicht wohl. Sie gleicht jener von Schuhmacher Häfliger nicht. Nein, morgen oder übermorgen oder am Wochenende muß ich wieder einmal aufräumen. Aber es könnte sein, daß ich mich ein Leben lang um das Falsche bemüht habe – es könnte sein, daß mir nicht die Ordnung immer mißlungen ist, sondern die Unordnung, daß es mir nicht gelungen ist, jene wohlige und ordentliche Unordnung der

Werkstätte des Schuhmachers herzustellen. Es ist sehr schwer, im Gewohnten zu wohnen.

Auf der Suche nach einem leeren Bundesordner fand ich eine Beige von gefüllten alten, Buchhaltung und Steuerunterlagen für das Jahr 1996. Glücklich stellte ich fest, daß man die nun nach zehn Jahren entsorgen kann. Ich leerte sie und schmiß den Inhalt in den Kehrichtsack. Und wie ich in den Sack schaute, bekam ich ein schlechtes Gewissen, ich erkannte die Handschrift von Therese, meiner Frau, erinnerte mich daran, wie sie stundenlang sortierte, einordnete, verbuchte – wie ihr das schwerfiel und wie ich ihr dankbar war –, und jetzt lag die ganze Arbeit im Kehricht, ihre ganze Handschrift. Ordnung ist etwas Brutales – wegschmeißen, fertig.

Von Igor Strawinsky wird erzählt – und es spielt keine Rolle, ob es wahr ist –, daß er, wenn er komponierte, stets einen Hammer und eine Zange auf dem Klavier liegen hatte. Ich nehme an, und er macht mir diesen Eindruck, daß Strawinsky ein strenger und ordentlicher Mann war. Als er dann einmal gefragt wurde, weshalb diese Werkzeuge hier lägen, soll er gesagt haben: »Es könnte sein, daß ich sie mal bräuchte zum Komponieren. Das ist zwar nicht sehr wahrscheinlich, und gerade deshalb, weil es so unwahrscheinlich ist, wäre es dann in diesem seltenen Fall äußerst dringend – und dann hätte ich keine Zeit, lange danach zu suchen.« In Wirklichkeit, so nehme ich an, wollte sich Strawinsky mit Hammer und Zange nur daran erinnern, daß Komponieren eine Arbeit ist, und vielleicht auch daran, daß Arbeit mitunter nichts Ordentliches ist. Vielleicht saß auch er als Kind auf dem Stühlchen neben dem Schuhmacher in der Werkstätte.

Therese hatte einen frommen Vater, der alles, was noch ein bißchen zu brauchen war, aufbewahrte. Er kam von der Arbeit nach Hause mit zwei angebissenen Äpfeln, die er auf der Straße fand, gab sie seiner Frau und sagte, die kann man doch ausschneiden und für einen Kuchen brauchen. Dabei war er keineswegs geizig, im Gegenteil – aber wegschmeißen fand er sündhaft. Selbstverständlich lachten wir ihn dafür aus. Therese hatte seine Art oder Unart ein bißchen geerbt. Und seit sie weg ist, finde ich immer wieder in einer Ecke kleinere und größere Sammlungen von Unnötigem. Als sie noch hier war, hat mich das oft geärgert. Inzwischen freue ich mich, wenn ich Spuren ihrer Biographie finde.

In einem mehrsprachigen Land

Hinter mir im Bus sitzen zwei junge Burschen und reden aufeinander ein. Ich kann nicht erkennen, ob ihr lautes und eifriges Gespräch ein Streit ist oder die gemeinsame Begeisterung für etwas, für eine Automarke etwa, für einen Boxer oder für irgendeine Nationalmannschaft in irgendeiner Sportart – aber vielleicht auch nur ein freundliches Gespräch in einer Heftigkeit, in der sie eben ihre Freundschaft auszudrücken pflegen.

Ich verstehe ihre Sprache nicht. Ich habe die beiden auch nicht beachtet, als ich einstieg. Ich höre nur ihre Sprache, und ich stelle mir vor, wie sie aussehen: dunkle Haare, Baseballmütze verkehrt aufgesetzt und Jeans, die einige Nummern zu groß sind, und nur um meine Vorstellung zu überprüfen, drehe ich mich um und treffe den Blick des einen, und er weist meinen Blick zurück – was geht's dich an.

So, wie ich mir das vorgestellt habe, sehen sie aus; und nur aus Verlegenheit frage ich: »Was ist das für eine Sprache?« Und einer sagt sehr brüsk: »Arabisch«, und ich weiß nicht, ob die heftige Antwort nun einfach Stolz signalisiert oder wiederum dieses: was-geht's-dich-an. Ich sage: »Eine

schöne Sprache«, und sie schauen mich verständnislos an. Ich drehe mich wieder um.
Wie wir auf der gleichen Haltestelle aussteigen, bleibt der eine stehen, strahlt mich an und sagt in breitem Berndeutsch. »Und Schwizerdütsch chönne mer ou.«

Ein paar Tage später, kurz vor Dunkelheit, gehe ich in der Stadt an einem Mann vorbei, der auf seine kleine, vielleicht dreijährige Tochter einredet. Er spricht Schweizerdeutsch, und sie antwortet und argumentiert in einer anderen Sprache, die Sprache ihrer Mutter wohl. Wie ich im Vorbeigehen grüße, sagt der Vater zu mir: »Sie will nicht mitkommen nach Hause – sie will hierbleiben«, und ich sage: »Doch, hier kann man gut schlafen«, und nun hat sie einen Verbündeten und redet auf mich ein in der fremden Sprache und lächelt dabei und strahlt auch ihren Vater an. Und wenn ich sie auch nicht verstanden habe, hat sich zwischen uns so etwas eingestellt wie Verständigung. Sie nimmt die Hand ihres Vaters und geht mit ihm weg, dreht sich noch einmal um und winkt – wir sind Verbündete, sie fühlt sich von mir verstanden, auch wenn sie ziemlich sicher weiß, daß ich ihre Sprache nicht verstehen kann.

Jemand erzählte mir einmal von seinem alten Schwiegervater, einem Schweizer, der ein Leben lang auf dem Bau gearbeitet hatte. Die Familie hatte ihn mitgenommen in die Ferien in ein kleines toskanisches Dorf. Der Vater war zum erstenmal in Italien, aber Italien war ihm keineswegs fremd. Auf den Baustellen in der Schweiz, auf denen er gearbeitet hatte, war er immer ein bißchen in Italien, ein bißchen in Spanien, in Jugoslawien, in der Türkei, und so ging er denn gleich am ersten Tag in die Kneipe im Dorf und kam sehr bald wieder entsetzt zurück. »Die können hier alle kein Italienisch«, sagte er, denn er war überzeugt, daß er selbst gut Italienisch kann. Aber offensichtlich war sein Italienisch kein Italienisch. Es war nur die Verständigungssprache auf seinen Baustellen – ein Gemisch vielleicht aus all den Sprachen, die dort gesprochen wurden, kein Italienisch, Spanisch oder Kroatisch, sondern einfach eine Sprache, die sich eingestellt hatte, die man nicht zu lernen hatte, und die auch niemand erfunden hatte – Sprache, die sich einfach einstellte, weil man sich verstehen wollte. Aber darin war der Schwiegervater dann doch sehr eingeübt, im Akzeptieren von Sprache, die sich einstellt, und innerhalb einer Woche stellte sich wieder Sprache ein, und er verständigte sich recht gut in der kleinen Kneipe, wenn er auch weiterhin überrascht war, daß die Italiener eigenartigerweise kein Italienisch können.

Wir leben in einem mehrsprachigen Land, und wir sind stolz darauf und erklären es den Ausländern und erzählen ihnen auch, daß bei uns vier Sprachen friedlich miteinander leben, Deutsch, Französisch, Italienisch und Romanisch. Nur ist es eigenartig, wie selten ich hier in Solothurn, unweit von der Sprachgrenze, mit Französisch in Kontakt komme – eigentlich nie – und mit Romanisch schon gar nicht, und wenn ich Italienisch höre, dann fällt mir nicht ein, daß der Sprechende Tessiner sein könnte. Nein, ich habe mein Leben in einer rein deutschsprachigen Umgebung verbracht. Und hier in der Schweiz leben die Sprachen nicht miteinander, sondern säuberlich getrennt nebeneinander. Erst seit ich im Bus und in der Eisenbahn Spanisch, Galizisch, Arabisch, Kroatisch, Türkisch und Tamil höre, fällt mir ein, daß ich ja schon vorher in einem mehrsprachigen Land gelebt habe. Aber erlebt habe ich die Mehrsprachigkeit nie. Jetzt endlich erlebe ich sie, und sie gefällt mir.

Beim Betrachten meiner Bratengabel

Mein lieber väterlicher Freund Max baute sich nach einer durchzechten Nacht in Berlin vor mir auf und erklärte mir das Leben. Ich würde seine Rede hier gern wiedergeben, aber ich weiß nur, daß sie rührend und großartig war, ein grandioses Monodrama, und ich weiß auch noch, wie sehr mich die Rede beeindruckte. Es ging darum, was ich noch alles brauchen würde zu diesem Leben: eine Freundin zum Beispiel, vielleicht eine Weberin – ja, genau das sagte er, daran erinnere ich mich noch –, und dann auch eine sehr leichte Schreibmaschine für die Reise, und er ging ins andere Zimmer und holte so eine Schreibmaschine, und er wollte sie mir unbedingt schenken. Dann holte er eine kleine lederne Mappe und wollte mir auch diese schenken, und bald schleppte er das unmöglichste Zeug an, Füllfedern, Feldstühle, Thermosflaschen, eine besonders gute Stablampe, einen astronomischen Atlas, und all das und noch viel mehr wollte er mir schenken. Und während der ganzen Zeit, stundenlang, saß ich da, bestaunte seine Rede wie den Auftritt eines großartigen Schauspielers oder Clowns und schwieg. Nur die Geschenke lehnte ich höflich und wortreich ab, ich hätte schon so eine Schreibmaschine, eine Thermosflasche auch, und einen astronomischen Atlas habe er mir doch schon vor Jahren geschenkt, zudem könne ich das alles nicht mitschleppen ins Flugzeug und in die Schweiz. Dann bot er mir seine Ferienwohnung im Engadin an, erzählte von einem guten Freund in Portugal, bei dem ich wohnen könnte, holte auch einen Stadtplan von Lissabon und zeichnete mir akribisch genau die Route ein, die ich am ersten Tag in Lissabon gehen sollte, um einen ersten Eindruck von der Stadt zu bekommen, erklärte mir, in welchem Lokal ich einen Kaffee trinken sollte und in welchem Straßencafé später ein Glas Rotwein.

Und dann, der neue Tag schien schon hell durch das Fenster, ging er wieder ins andere Zimmer und blieb lange weg, und ich dachte schon, er habe sich schlafen gelegt, aber er kam zurück mit einer kleinen Tasche aus sehr feinem Leder, öffnete sie und erklärte mir ihre Fächer, ein Fach für zwei Hemden, ein Fach für Papier und Schreibgeräte, ein Fach für den Paß und andere Ausweise, und dann sagte er: »So eine brauchst du, mit der kannst du einfach ins Flugzeug steigen und nach New York fliegen, ohne Gepäck. Die kann ich dir aber nicht geben – die brauche ich selbst.«

Ein paar Tage später, immer noch in Berlin, traf ich eine Frau, die in ihrem Leben fünfmal flüchten mußte. Die erste und die zweite Flucht noch mit der Mutter zusammen, später dann allein. Sie klagte nicht darüber, erwähnte eigentlich nur die Orte, wo sie kürzer oder länger war, sagte, daß sie eigentlich ihre ganze Jugend auf der Flucht verbracht habe und daß ihr das fast selbstverständlich geworden sei. Fragen nach Kummer und Sorgen, Angst und Kälte quittierte sie mit einem Schulterzucken – kein Pathos, keine dramatischen Schilderungen –, und plötzlich wird sie doch noch laut und beschwert sich über all den Plunder, der sich in den wenigen Jahren hier in ihrer Wohnung in Berlin inzwischen angehäuft habe. Dabei hätte sie doch nichts besser gelernt auf ihren Fluchten, als Ballast abzuwerfen.

Und ich dachte an Max, der mir seinen halben Haushalt schenken wollte und mir zur Flucht riet – Freundin, Engadin, Lissabon. New York. Aber nicht ich, sondern er war daran, Ballast abzuwerfen, und er sprach wohl gar nicht von meiner Flucht, sondern von seiner. Oder sollte ich stellvertretend für ihn flüchten?

»Was nimmt man denn mit auf die Flucht?« Das fragte ich die Frau, und sie sagte: »Ich könnte dir noch genau aufzählen, was ich das erste Mal auf den kleinen Leiterwagen packte: drei Fotoalben, eine Puppe, mit der ich vorher kaum einmal gespielt hatte und die jetzt unbedingt mitmußte, und viel unnötiges Zeug, Briefe, Schulhefte, Bücher – sozusagen alles, was ich als Kind besaß.«

»Und was hast du heute noch von den Dingen, die du auf die erste Flucht mitnahmst?« »Eine Dochtschere aus Messing«, sagte sie, »sie bedeutet mir nichts, sie erinnert mich an nichts, ich wollte sie schon immer wegwerfen, aber sie ist an mir hängengeblieben.«

Das erinnert mich an die alte Bratengabel. Der Rost ist zwar schon längst entfernt, aber man sieht ihr an, daß sie mal schwer verrostet war. Irgendeinmal, durch Zufall oder Dummheit, war sie da, vor vielen Jahren. Vielleicht hatte sie mein Sohn im Müll gefunden. Ich wollte sie schon damals wegschmeißen, und ich habe es auch immer wieder getan. Sie aber kehrte hartnäckig zurück. Sie ärgert mich. Sie erinnert mich an nichts. Aber sie ist halt hier, und nur, weil sie schon so lange hier ist, kann ich sie nicht entsorgen. Wir mögen uns nicht besonders, aber wir gehören zusammen.

Und mit wem sollen sie sprechen?

Lommiswil ist eine Bahnstation auf der Strecke von Solothurn nach Moutier mit Halt auf Verlangen. Wenn niemand aus- oder einsteigen will, fährt der Zug an dem verlassenen Stationshäuschen, das an Wildwest erinnert, vorbei. Vor fünfzig Jahren war ich Lehrer in Lommiswil, meine erste Stelle nach dem Lehrerseminar.
Damals hieß das inzwischen im Elend verlassene Häuschen nicht Station, sondern Bahnhof, und das Restaurant daneben hieß Restaurant Bahnhof, und der Bahnhof hatte einen richtigen Bahnhofsvorstand, mit einem Assistenten und einem Bahnarbeiter und mit Uniform. Und wenn ein Zug ankam, setzte er seine Kappe mit goldenem Laub auf, begrüßte den Zug würdig, begrüßte auch die Aussteigenden einzeln und mit Namen, verabschiedete die Einsteigenden und gab dem Zug mit der Kelle das Zeichen zur Weiterfahrt. Das mag den Anschein von Idylle machen, es war keine – ein normales Dorf mit einem normalen Bahnhof. Und der Bahnhofsvorstand war ein Würdenträger wie der Gemeindeammann oder der Schulpräsident, und zudem war er der einzige mit einer respektablen Uniform.

Ein sehr freundlicher Mann übrigens und ein gebildeter Mann, nicht jeder konnte Bahnhofsvorstand werden, und er beherrschte sein Geschäft und liebte es. Ich unterhielt mich gern mit ihm. Ich war stolz auf unsere Bekanntschaft. Ich kannte den Mann mit der Uniform persönlich, und er kannte mich.

Am Nachmittag vor der Schulreise ging ich zum Bahnhof, um das Kollektivbillet mit Reservierungen zu bestellen. Das wurde immer zu einem langen Gespräch, und er machte Vorschläge und Bemerkungen zu der Reise, einer Reise mit Bahn, Bus und Schiff.

Anderntags, morgens um halb fünf, ging die Reise los – und überall, wo wir umzusteigen hatten, war ein Wagen angeschrieben, schön von Hand angeschrieben, mit »Primarschule Lommiswil«. Das hat mich jedesmal fasziniert, daß das einfach so funktioniert, daß in Sattel (Schwyz) ein Zug mit einem angeschriebenen Wagen kam, mit dem wir nach Goldau fuhren, daß alle von unserer Schulreise wußten. Der Bahnhofsvorstand von Lommiswil hatte seine Arbeit gut gemacht.

Es gibt so Orte, an denen einem immer wieder dieselbe Geschichte einfällt, und man weiß nicht, weshalb. Sie hat meistens überhaupt nichts zu tun mit dem Ort – oder eben nur anscheinend nichts zu tun.

Wenn ich an der verlassenen Station von Lommiswil vorbeifahre, fällt mir eine Begegnung vor vielen Jahren in Bali ein.
Ein junger Balinese fuhr mich mit seinem Motorrad kreuz und quer durch seine Insel, ein interessierter, gebildeter Mensch, von dem ich viel lernte. In einem Dorf, wo wir anhielten, kam eine Frau auf mich zu und bot mir ein uraltes balinesisches Buch an, beschriebene, getrocknete Palmblätter, zwischen zwei Holzlatten. Sie forderte einen kleinen Preis, ich akzeptierte und gab ihr einiges mehr. Die Frau sah mich entsetzt und fast feindlich an und verschwand.
Mein Begleiter war entsetzt. »Ihr Europäer mit eurem Geld«, sagte er, »das kannst du doch der Frau nicht antun. Du hättest markten müssen, lange verhandeln müssen. Das war ihr Buch, und sie brauchte Geld, und sie mußte sich von ihrem Besitz trennen, sie hat doch ein Recht darauf, die Trennung hinauszuzögern. Du hast sie beleidigt mit deinem schnellen Handel.«
Und dabei kam ich mir noch großartig vor, weil ich ihr mehr gab, als sie verlangte. Woher sollte ich Schweizer wissen, daß markten nicht nur mit dem Preis zu tun hat, sondern auch mit einem Lebensgefühl, mit Kontakt und Gespräch. Von nun an begann ich zu markten, solange es ging, und gab zum Schluß halt dann doch mehr.

Aber inzwischen ist jeder Handel kurz. Wir holen die Fahrkarte aus dem Automaten oder drucken sie selbst aus dem Internet. Auch ich ziehe mein Geld aus einem Automaten. Irgendwie beschämt mich das immer wieder, ich habe mich auch schon dabei ertappt, daß ich leise »dankeschön« sagte, so wie ich mich bei Frau Kuhn am Schalter bedankte und noch ein paar Worte mit ihr wechselte.

Selbstverständlich hätte ich mich mit der Balinesin nicht unterhalten können, sie konnte auf englisch nur ein paar Zahlen – aber ich hätte ein paar Minuten mit ihr verbringen können, ein Gespräch führen können ohne Worte.

Man spricht jetzt viel über die Integration von Ausländern. Sie sollen jetzt endlich unsere Sprache lernen. Ich frage mich nur, mit wem sie dann sprechen sollen, wenn sie die Sprache können. Wer hat noch Zeit und das freundliche Bedürfnis, mit ihnen zu sprechen – der Bancomat und der Fahrkartenautomat? Integration ist jedenfalls etwas anderes. Und es gibt nicht nur Fremde, die unsere Sprache gut sprechen und sich trotzdem nach Integration sehnen müssen, es gibt mehr und mehr auch solche Einheimische. Integration ist nicht das Problem der Ausländer, es ist das Problem einer Gesellschaft, die nur noch Effizienz zum Ziel hat. Und Effizienz ist in ihrer letzten Konsequenz unhuman und gewalttätig.

Mein kleines Taschenatomkraftwerk

Der fremde Mann, mittleres Management, gepflegte Erscheinung, mit dem ich in einer Bahnhofkneipe am Tisch sitze und mit dem ich auch schon ein paar Worte übers Wetter gewechselt habe, zieht elegant aus der entsprechenden Innentasche seiner Jacke eine Schachtel Zigaretten und steckt sich eine zwischen die Lippen. Ich entflamme mein Feuerzeug und will ihm Feuer geben. Er aber weist das zurück. »Habe ich selbst«, sagt er, und er nimmt seinen Aktenkoffer auf den Tisch, öffnet ihn und entnimmt ihm einen kleinen wildledernen Beutel, nestelt ihn umständlich auf, nimmt daraus ein wunderschönes goldenes Feuerzeug, klappt es auf, läßt die Feder klingen, scheint dem Ton nachzuhören, bringt es zum Brennen und zündet seine Zigarette mit jener Andacht an, mit der man eine teure Zigarre in Betrieb setzt. Dann erst fällt ihm ein, daß sein Verhalten etwas kindisch ist. Er schämt sich, wendet sich von mir ab, ruft der Kellnerin, bezahlt und geht ohne Gruß.
Er muß angenommen haben, daß ich seine Ablehnung meines Feuers lächerlich finde, und ich hätte auch keine Chance gehabt, ihn irgendwie zu trösten oder ihm mitzuteilen, daß mir seine Liebe zu

seinem wunderschönen neuen Feuerzeug gefällt. Ich kenne das: irgend etwas kaufen, das zu irgend etwas gut sein soll, die Gebrauchsanleitung lesen, alle Warnungen und Garantien, und sich irgendwo hinsetzen – in der Bahnhofkneipe zum Beispiel – und es zum erstenmal funktionieren lassen. Und dann sitzt da so ein freundlicher Idiot und verdirbt alles. Denn dieses eine und einzigartige und teure Feuerzeug funktioniert eigentlich nur das eine Mal, nur das erste Mal so richtig. Schon übermorgen wird ihm das Feuerzeug zur gleichen Gewohnheit werden wie das Rauchen selbst. Und schon in einer Woche wird er sich wieder freundlich bedanken, wenn ihm jemand Feuer gibt. Er wird dann sein goldenes Feuerzeug nicht mehr umständlich aus Koffer und Lederbeutel klauben, sondern so ganz nebenbei und elegant zur Zigarette führen, als wäre es ein Nichts. Er wird sein Feuerzeug im Griff haben wie ein Kenner. Es tut mir so leid, daß ich ihm diese Freude des ersten und einzigen Mals versauen mußte.
Etwas zum ersten Mal in Betrieb setzen, ich kenne das: Ich liebe Gebrauchsanweisungen, Betriebsanleitungen und Produktbeschreibungen. Was habe ich nicht schon alles gekauft, nur um es in Betrieb setzen zu können, kürzlich einen Rasentrimmer, so ein Ding mit einem Nylonfaden. Ich bin mit meinem Erwerb nach Hause gerannt – Gebrauchs-

anweisung gelesen, zusammengebaut und in Betrieb gesetzt. Ich habe noch selten etwas mit einem so schlechten Gewissen in Gebrauch genommen. Ich mag nämlich Gras, hohes Gras. Es hat nicht viel davon im meinem Garten. Um so mehr sieht man die einzelnen Halme, grazile, feine Pflanzen. Ich bin meinen Nachbarn sehr dankbar, daß sie sich noch nie über meinen wilden Garten beschwert haben. Beschwert hatte sich ab und zu meine Frau, sie drängte mich immer wieder dazu, doch vielleicht ein bißchen das Gras zu schneiden. Ich verteidigte mein Gras. Ich will keinen Rasen, sagte ich, ich will Gras. Und nun ist es weg. Dieser verfluchte Zwang, etwas in Betrieb setzen zu müssen.

Meine Eltern hatten, als ich ein Kind war, wie wohl die meisten Familien in unserer Straße, keinen Telefonanschluß. Einmal gab mir die Mutter nach langem Betteln zwanzig Rappen, damit ich einmal in der Telefonkabine telefonieren könnte. Ich wollte Tante Lydia anrufen, die einzige in der Familie mit Telefon. Ich wußte schon beim Wählen, daß eine Zahl falsch war, hielt aber durch und scheiterte, es kam jemand anderes, und der Zwanziger war weg. Dann das Riesenereignis viele Jahre später, als meine Frau und ich einen eigenen Anschluß hatten, für den man monatelang auf einer Warteliste stand. Aus dem Haus rennen, in die nächste Telefonkabine und die neue Nummer wählen. Es funktionierte. Was habe ich inzwischen schon alles in Betrieb gesetzt, nur um es in Betrieb zu setzen und funktionieren zu lassen? Wie viele Taschenradios, Taschenrechner, Taschencomputer? Und wie habe ich mich jedesmal kindisch darauf gefreut, das neue Stück in Betrieb zu setzen. Wie oft bin ich hinauf und hinunter gelaufen, nur weil mein neues Taschenmesser einen Höhenmesser hatte. Für was denn? Für nichts, für gar nichts – nur um es in Betrieb zu setzen und mich zu freuen, daß es funktioniert. Anderntags fuhr ich unter einem Vorwand – Kolumne schreiben – über Kandersteg nach Brig und suchte an den Bahnhöfen und Stationen nach der Höhenangabe – es funktionierte. Aber für was denn funktionierte es, wenn doch die Höhe an den Stationen angeschrieben ist?

Vielleicht kommt nächstens ein kleines Taschenatomkraftwerk zu einem erschwinglichen Preis auf den Markt. Ich schäme mich zum voraus dafür, daß ich es kaufen könnte. Für was? Nur, um es in Betrieb zu setzen.

Zwei Nobelpreisträger, abends

Eben war hier noch von Fußball die Rede, diese eigenartige Sache, die mir mitunter auch gefällt und wo große Freude, große Trauer davon abhängt, daß ein Ball zwischen zwei Pfosten und unter einer Latte durchgeht. Diejenigen, die das tun, sind mitunter große Könner, richtige Artisten, und ihr Spiel kann begeistern, aber angenommen, niemanden würde es interessieren, auch mich nicht, ob dieser Ball nun zwischen die Pfosten geht oder nicht, dann wäre ihr ganzes Können nutzlos.

Als ich hier in der Kneipe ankam, abends spät und müde, war das Spiel schon vorbei, und ich wurde nur noch Zeuge der großen Freude und der großen Trauer, und nachdem ich nicht in der Laune war, mich zu erkundigen, wer denn gegen wen gespielt habe, hing auch diese Freude völlig grundlos herum und erinnerte mich an die mögliche Nutzlosigkeit des Versuchs, den Ball zwischen zwei Pfosten zu bringen. Alles Gedanken der Müdigkeit. Ich hatte einen schweren Tag, saß stundenlang an meinem Tisch, sollte etwas schreiben, und es fiel mir nichts ein – kein Wort, kein Satz, nichts, das alte Leiden. Nun saß ich hier und wartete auf meinen Bus, trank ein Glas Wein, hoffte auf den morgigen Tag, und immer noch rotierte mein Hirn und suchte nach Wörtern, die ihm für heute abhanden gekommen waren. Die Kneipe hatte sich geleert, am hinteren Tisch saßen noch drei Leute. Ich mag leere Kneipen. Sie erinnern an vergangene rauschende Feste und an ihr Ende – an rauschende Feste, die gar keine waren.

Nun kam doch noch ein Gast, setzte sich an den Tisch hinter mir, bestellte ein Glas Wein und kam nach einiger Zeit zu mir, fragte mich, ob ich der und der sei und ob er sich zu mir setzen dürfe. Er sei lange in Amerika gewesen, Geschäftsmann, jetzt sei er wieder in der Gegend. Und nur aus Höflichkeit fragte ich ihn, wo in Amerika er denn gewesen sei und was er gemacht habe, aber seine Antworten waren spärlich. Und dann kam es endlich – ausgerechnet jetzt –, er schreibe auch, er habe schon sieben Bücher veröffentlicht, und die hätten alle eine ISBN-Nummer – Internationale Standard-Buch-Nummer. Ich weiß nie, wie diese Nummer heißt, und mußte eben Adrienne im Verlag anrufen, damit ich es hier auch richtig wiedergebe, denn ihm war diese Nummer wichtig. Sie war ihm ein Beweis, daß sein Buch ein richtiges Buch ist. Selbstverständlich fragte ich ihn nach den Inhalten. Er war nicht bereit, davon zu spre-

chen – eben ein Buch, mit eben einer richtigen Nummer, das genügte ihm. Und mir fiel nichts ein, den ganzen Tag nicht und auch jetzt nicht.
Und dann kam noch der Herr Pfarrer. So nennt ihn die Wirtin, weil er immer wieder versucht, Vorträge zu halten im Tonfall eines Predigers. Er stellt sich in die Mitte der Kneipe, atmet tief ein, stellt fest, daß es vielleicht doch etwas wenige Leute sind, um seinen Vortrag stehend zu halten, und setzt sich. Wohl mir zuliebe zählt er jetzt salbungsvoll die Namen von großen Sozialdemokraten aus der Geschichte der Arbeiterbewegung auf. Ich staune, wie viele er weiß. Und er versucht, sein großes Wissen zusammenzufügen, daraus einen Schluß zu ziehen, und es gelingt ihm nicht. Nur der Tonfall gelingt ihm. Ich kenne das, ich kannte das den ganzen Tag. Und ich kenne ihn ein wenig. Er ist in einem Heim für mental Behinderte aufgewachsen. Er erzählt mir von seiner wunderbaren Lehrerin dort, die ich gut kenne. Sie muß in ihm den Sinn für Interesse geweckt haben. Mein ISBN-Tischnachbar beginnt sich zu ärgern, er versucht den Eindringling zu beschimpfen. Ich verteidige ihn. Das freut den »Herrn Pfarrer«. Er öffnet seine lederne Kartentasche, entnimmt ihr ein Blatt, säuberlich eingeschweißt in Klarsichtfolie, und reicht es mir rüber. Es ist voller Zahlen und Formeln und sieht nach Physik aus, und ich sage ihm, daß ich

das nicht verstehen könne. Ich hätte keine Ahnung von Physik. »Das ist die Abstimmung der Kirchenglocken von Sankt Marien«, sagt er, und er gibt mir eine zweites Blatt mit anderen Kirchenglocken. Ich nehme nicht an, daß er dies alles verstehen kann, aber er besitzt es, ein stolzer Besitz – das ganze Wissen dieser Welt, dieser Welt der Kirchenglocken. Einer, der sich für dieses Leben interessiert und sich über seine Tage freut – ein großer Privatwissenschaftler, der Wissen anhäuft. Nutzlos wie Fußball, aber mindestens so wichtig. Und mein Tag war gerettet. Auf der Heimfahrt im Bus versuchte ich ernsthaft, mich zu freuen.

Und Paris Hilton?

Hier am runden Tisch ist meistens von Sport die Rede – meistens von Formel 1. Ich kenne Satz für Satz, der hier darüber gesprochen wird, zum voraus. Für die »Fachleute« hier aber ist jeder Satz nigelnagelneu und völlig selbstgedacht, die absolut eigene Meinung. Sie sind überzeugt, daß ihr Wissen völlig unabhängig ist. Es kommt vor, daß ich dann auch mitreden möchte, und ich beginne die Sätze zu wiederholen und bin auch ein »Fachmann«, ein Fachmann, der nicht das geringste Interesse an seinem Fach hat. Das Fach wurde mir aufgedrängt und ihnen vielleicht auch – eine vorfabrizierte Welt, der sich offensichtlich niemand entziehen kann.
Ich kenne sogar den Namen von Paris Hilton – auswendig, dabei habe ich wie alle ein furchtbar schlechtes Namensgedächtnis, sogar die Namen meiner Nachbarn fallen mir zu spät ein. Diese blöde Paris Hilton! Was hat dieser Name in meinem Kopf zu suchen? Ich kann es leider nicht ändern, er ist drin.
Während wir hier am runden Tisch sitzen, läuft die letzte Regatta der Alinghi gegen Neuseeland. Ich gehe auf meinem Handy ins Internet und er-

kundige mich nach dem Stand des Rennens. »Die Alinghi führt«, sage ich nun zu den Sportfachmännern, und sie schauen mich gelangweilt an und fragen: »Interessiert dich das?« »Nein«, sage ich. Dabei habe ich mir, außer dieser letzten, alle Regatten angeschaut. Ich habe meine Mühe mit dem Fernsehen. Es ist mir zu aufgekratzt, und so ziehe ich denn jene nächtlichen Pausenfüller vor, in denen ein Auto ohne Kommentar durch die Gegend fährt, ein Helikopter über die Hügel fliegt, oder eben auch, wenn zwei Schiffe nebeneinander mit nur zwanzig Kilometern in der Stunde durch das Wasser plätschern.

»Das ist harte Arbeit, was die da leisten auf den Schiffen«, sagen meine Fachleute am Tisch, »und die trainieren vier Jahre lang.« Ja, das habe ich auch gesehen – oder eigentlich nicht gesehen, sondern mitbekommen. Es wurde mir tagelang erklärt. Es wurde mir auch erklärt vom Fernsehkommentator, von jenem Fernsehkommentator, von dem die Fachleute am Stammtisch nun sagen, daß er – wieder einmal mehr – keine Ahnung hätte. Dabei haben sie, die nun wirklich eine Ahnung vom Segeln haben, ihr ganzes Wissen ausschließlich von eben gerade diesem Fernsehkommentator. Und jetzt erzählen sie auch, wie bedeutend dieser America's Cup ist und wie wichtig er für die Schweiz sei – also wie wichtig jetzt die

Schweiz sei. Dabei hat vor fünf Jahren noch niemand irgend etwas von diesem Cup gehört.
Inzwischen ist offensichtlich jener Fernsehkommentator der wohl einzige, der sich in Sachen Segeln als Laie bezeichnet, und alle anderen Schweizer sind jetzt, vor allem durch ihn, Segelfachleute. Wir sind jetzt eine Segelnation. Vor vier Jahren hat das ein Journalist erfunden als witzige Ironie – eben nicht mehr eine Skination, sondern eine Segelnation. Mir scheint, es ist inzwischen bitterer Ernst geworden.
Von dieser Nation, Entschuldigung, melde ich mich ab. Ich will kein Mitglied der Segelnation sein. Ich habe nichts gegen das Segeln, im Gegenteil, ich stelle mir Segeln schön vor, aber ich bin kein Segler, und wo plötzlich für ein Land die Bezeichnung Nation verwendet wird, da kann es verdammt ernst werden. Die Bundespräsidentin der Nation war in Valencia, der Sportminister der Nation war in Valencia – und ich, das ist durchaus meine Mitschuld, habe mir das alles am Fernsehen angeschaut und – das gebe ich zu meiner Schande zu – sogar recht mitgezittert für den Sieg der Alinghi. Nur eine Frage sei erlaubt: Ist das denn ein Sieg der Nation der Tapferen oder eben nur ein Sieg der Nation der Reichen? Ich stelle mir unter Nation etwas anderes vor, und ich fürchte mich davor, wenn es mehr und mehr Brauch wird, daß

der Steinreiche der Nation etwas schenkt. Es wäre mir viel lieber, wenn die Alinghi nicht für die Schweiz, sondern für den Segelclub Genf gefahren wäre, was sie in Wirklichkeit auch ist.
Bertarelli macht mir übrigens einen recht sympathischen Eindruck, und ich glaube ihm seine Leidenschaft für das Segeln und gönne sie ihm. Es ärgert mich nur, daß mir – sollte ich ihn treffen – sein Name schneller einfallen würde als der Name meiner alten, lieben Nachbarin. Ich bin nicht frei in der Entscheidung, was in welcher Reihenfolge in meinen Kopf kommt. Ich kann nicht verhindern, daß ich zu meinem Ärger den Namen Paris Hilton kenne. Immerhin, dafür sei ihr und den Medien gedankt, haben wir vorläufig noch nirgends eine Paris-Hilton-Nation.

In Luzern geboren

Vor vielen Jahren irgendwo in Amerika traf ich eine junge, selbstbewußte und gescheite Frau auf einer Party. Sie fragte mich, woher ich komme. Ich beantwortete die Frage und fragte zurück, woher sie denn komme, und sie sagte: »Aus New York«, dann eine Sekunde des Zögerns, ein Blick in die Weite, und sie ergänzte: »Ich bin eine New Yorkerin – ich bin in New York geboren.« Ihr Begleiter, wohl ihr Freund oder ihr Mann, schaute sie überrascht an, lächelte und sagte: »Nein, das ist nicht wahr, du bist in Washington geboren.« Sie schaute ihn streng an und sagte im Tonfall eines Postulats: »Wo ich geboren bin, das bestimme ich. Woher ich auch immer komme, in New York begann ich zu leben.«

Ich habe die Geschichte schon mehrmals erzählt und wohl auch aufgeschrieben, aber ich weiß nicht mehr wo. Und hie und da werden alte Geschichten plötzlich wieder dringend, und daß alte Menschen oft immer wieder dieselbe Geschichte erzählen, hat nicht nur mit einem nachlassenden Gedächtnis zu tun, sondern auch mit eigenartigen Dringlichkeiten, die die Zuhörer nicht erkennen können.

Ich sitze an meinem Tisch, Mittwoch, 1. August. Die Stadt ist ausgestorben, gegen Abend wird sie wohl etwas lauter. Und ich kann es nicht ändern, und ich will es auch nicht ändern, der Bundesfeiertag ist ein besonderer Tag. Beschreibenswert und erzählenswert ist es kaum, wie wichtig es mir damals war, meinen Lampion mit dem Schweizerkreuz durch die Nacht zu tragen – ich ahnte zum mindesten als kleines Kind, daß es hier um etwas Hohes ging. Und, auf der Suche nach Geschichten zum ersten August, kommen plötzlich die anderen Geschichten.

Heimat, ist es ein Land, eine Stadt, eine Gegend, eine Straße, ein Quartier, ist es ein Freund, eine Freundin, oder ein Waldfest – Cervelat mit Brot?

Jene Frau auf der Party war eine Schwarze, und wohl kaum irgendwo in den USA gibt es so viele Schwarze wie in Washington, weil damals, als Lincoln die Sklaverei aufhob, viele Schwarze ihr Glück in der Nähe des geliebten Präsidenten suchten. Es wurde für sehr viele zu einem neuen Unglück in Armut. Dort mag sie aufgewachsen sein, und offensichtlich – so sah sie aus – war es ihr gelungen, dem Elend zu entrinnen und ihr richtiges Leben zu beginnen: »Wo ich geboren bin, das bestimme ich.«

Ja, auch mein Geburtstag ist irgendwie ein besonderer Tag, aber irgendwie war ich ja gar nicht dabei. Das Datum wurde mir später immer wieder mitgeteilt, und es wurde auch gefeiert, und es gab Geschenke. Das Datum war wohl das erste, das ich auswendig gelernt habe, nur auswendig gelernt. Ich bin gar nicht auf die Welt gekommen, ich wurde zur Welt gebracht – ich bin nicht geboren, ich wurde geboren. Und irgendeinmal später begann mein Bewußtsein. Vielleicht damals in Luzern, als sich zu meinem Ärger die Mutter auf der Straße sehr lange mit einer Frau unterhielt. Ich weiß noch, wie sie aussah, und sie hatte einen weißen Pudel, und ich weiß heute noch genau, an welcher Straßenecke das war. Und da stand ein Buchsbaum, und ich versuchte, die Blättchen des Buchsbaums aus lauter Langeweile über meine Fingerchen zu stülpen. Vielleicht das erste Erlebnis, das in meinem Kopf gespeichert ist – überhaupt nicht erzählenswert, aber ein wichtiges Erlebnis – vielleicht mein Eintritt ins Bewußtsein, vielleicht so etwas wie meine Geburt – ich kenne das Datum nicht. Ich weiß nicht, wann ich geboren bin, ich weiß nur, wann ich geboren wurde.
Und ich hatte von der ersten Sekunde an eine Nationalität, und dies nicht etwa, weil ich in Luzern geboren wurde, sondern weil meine Eltern eine Nationalität hatten. Doch, doch – ich lebe gerne

hier. Ich habe mich daran gewöhnt, ich habe mich im Gewohnten eingerichtet. Ich wohne hier.
Aber das tun andere auch, die sich auch gewöhnt haben, und die auch wohnen und sich von mir nur durch ihre Nationalität unterscheiden. Und vielleicht gibt es unter ihnen auch solche, die sich noch mehr und heftiger daran gewöhnt haben als ich. Solche, die sich dafür entschieden haben, wie jene Frau, die sich entschieden hatte, in New York geboren zu sein.
Heimat jedenfalls ist etwas Persönliches, und Nationalität, die selbstverständliche, die einem zufällt bei Geburt, ist noch lange nicht Heimat. In Heimat muß man hineinwachsen oder hineinerwachen. Das haben hier in dieser Gegend auch andere getan, mit anderen Nationalitäten. Wo bin ich geboren?

Von Ameisen und Elefanten

Ein kleines Mädchen kauert im Zoo in einer Ecke und zeigt mit seinem Fingerchen auf den Boden, »Schau mal, Mama«, ruft es, »ein richtiges Mayonesli.« »Komm jetzt endlich«, sagt die Mutter, »hier die Elefanten, schau ein Elefant.« Und wie das Kind weiter seine »Mayonesli« liebevoll betrachtet, mit ihnen spricht und sich freut, kommt die Mutter, nimmt es an der Hand und zieht es weg zu den Elefanten. Ich bleibe einige Zeit stehen, und als die beiden weitergegangen sind, gehe ich zu der Stelle, wo das Kind seine »Mayonesli« entdeckt hat und bücke mich zu den Ameisen. Sie sind schön, und sie gefallen mir, sie haben Augen und Beinchen. Mir ist, wie wenn ich zum erstenmal in meinem Leben einer Ameise begegnet wäre; ein exotisches, fremdes Tier, das hier durch Zufall unter all den anderen exotischen Tieren lebt. Und wäre es hinter Gittern, es wäre ein Zootier und beachtenswert.
In den Zoo geht man mit Kindern, so wie man Weihnachten feiert mit Kindern, in den Europapark geht mit Kindern, in den Zirkus geht mit Kindern.

Vor Jahren fuhr ich mit der Bahn von Solothurn nach Bern. Eine Frau mit zwei Kindern stieg ein, und die beiden Kleinen freuten sich ganz und gar nicht auf die Reise. Irgendwie hatten sie offensichtlich heute etwas ganz anderes vor. Auf der nächsten Station stieg eine weitere Frau ein. Die beiden begrüßten sich und begannen intensiv miteinander zu reden, und als die neuzugestiegene nach dem Ziel der Reise fragte, sagte die erste: »Wir gehen an die Landwirtschaftsausstellung. Ich wollte zwar nicht gehen, aber die Kinder freuen sich immer wieder über die Ausstellung« – Kinder als Alibi, sie haben sich über das zu freuen, über das sich die Erwachsenen freuen wollen. Kinderbücher machen mir auch immer wieder diesen Eindruck.

Ich sitze im Selbstbedienungsrestaurant des Zoos. Eine Frau mit einem kleinen Buben kommt herein. Der Bub rennt zum erstbesten Stuhl, packt ihn und schiebt ihn unter großen Anstrengungen quer durch das Restaurant. Es quietscht und knarrt, und er arbeitet schwer. Er schiebt den Stuhl an vielen andern Stühlen vorbei durch das ganze Lokal, erreicht sein Ziel, nämlich jene Nische, in der ein Band läuft, auf das man das gebrauchte Geschirr stellt, das dann auf dem Band zurück in die Küche fährt. Er stellt den Stuhl vor das Band, klettert darauf und schaut begeistert dem laufenden Band zu. Offensichtlich ist er nicht zum erstenmal hier, und sehr wahrscheinlich geht er in den Zoo, um dieses laufende Band zu sehen. Die Mutter weiß das offensichtlich und hat Verständnis dafür.

Ich war schon etwas älter als er, nämlich siebzehn, und ich war damals im Internat des Lehrerseminars in Solothurn, und irgendeiner erzählte, daß es in Neuenburg eine Rolltreppe gäbe. Zu viert fuhren wir am nächsten freien Nachmittag mit den Fahrrädern nach Neuenburg, um die Rolltreppe zu sehen. Sie führte von der Straße ins Hochparterre zum Eingang eines Kinos – eine sehr kurze, aber rollende Treppe –, und wir testeten sie so lange, bis wir weggewiesen wurden, und fuhren wieder zurück nach Solothurn. Nicht lange darauf waren auch uns Rolltreppen selbstverständlich, und wir benützten sie ohne Freude und Interesse.

Den Erwachsenen bleiben nur noch Spuren von Erinnerungen. Ein Zoobesuch ist die Erinnerung an eine Kindheit, vielleicht an jene staunende Kindheit, die die Welt – und auch die kleinste Welt – als Ereignis, als wunderbares Ereignis empfand. Inzwischen gehe ich an den Käfigen von Schild zu Schild und will nur noch wissen, wie sie heißen, diese Tiere. Das werde ich zwar morgen schon wieder vergessen haben, aber jetzt muß ich es unbedingt wissen. Und die Väter gehen von Schild zu Schild und geben die Bezeichnungen wie Götter des Wissens an ihre Kinder weiter, die sich schon längst an den Tieren ergötzen, ohne ihre Namen wissen zu müssen. Ihre Bezeichnungen sind übrigens deutsch, auch wenn sie aus Afrika oder Asien stammen. Mir fällt ein, daß die Tiere selbst nicht wissen, wie sie heißen. Die Welt weiß nicht, wie sie heißt – und wir halten sie uns mit Bezeichnungen vom Leib: Albaner, Franzosen, Türken. Wären wir im Zoo eines höheren Wesens, würde auf dem Schild stehen: »Mensch – vermutliche Herkunft Mesopotamien, Indien, Nordafrika – inzwischen in allen Gebieten der Welt heimisch geworden.«

»Erfahrung ist immer eine Parodie auf die Idee«, sagte Goethe. Das kleine Mädchen, das über die Mayonesli staunt – das wäre die Idee. Auch es wird schon bald seine Erfahrungen machen – mit Elefanten aller Art, auch politischen, zum Beispiel.

Die einzig richtigen Eidgenossen

Unser Primarlehrer konnte uns begeistern für Geschichte. Er war ein glühender Patriot und ein hervorragender Erzähler. Wir hingen ihm an den Lippen und ich ganz besonders. Wir zogen mit den Eidgenossen in die Schlachten und waren siegreich und vor »uns« fürchtete man sich. Mein damaliger Lehrer war wohl nicht der einzige Lehrer, der Geschichte so erzählte und der so begeistern konnte. Ganz tief drin spüre ich sie immer noch, diese Begeisterung für ein Land, das Schweiz hieß und heißt, für jenes Land, in dem es die einzig richtigen Höhlenbewohner, die einzig richtigen Pfahlbauer und die einzig richtigen tapferen Eidgenossen gab, die einzig richtigen Burgen und Ruinen.

Meine späteren Geschichtslehrer änderten an diesem Bild nichts, außer daß sie es eben möglichst langweilig darboten, um etwas wissenschaftlicher zu erscheinen. Von einem Staat allerdings, von den politischen Situationen, habe ich in meiner ganzen Schulzeit nie etwas gehört. Das entsprechende Fach im Lehrplan hat Staatskunde geheißen und fand nicht statt. Die Schweiz war nur ein Land und kein Staat. Und selbstverständlich ein

schönes und besonders gutes Land, ein einzigartiges, wenn nicht gar das einzige.
Ja, tief drin spüre ich sie noch, diese Begeisterung für die Schweizerfahne; zum Beispiel auch, wenn ich Roger Federer am Fernsehen sehe, und ich sehe ihn oft, schau mir das ganze Spiel an und zittere für ihn. Oder zittere ich für mich? Für meine Reputation als Schweizer? Dafür, daß nun eine ganze Welt weiß, daß »wir« – also ich auch – Tennis spielen können, mit Alinghi segeln können? Interessiere ich mich für Tennis oder nur für die Schweiz? Und würde ich ohne Schweizer weiterhin Skirennen schauen – wohl kaum. Das finde ich sehr eigenartig und will eigentlich nicht so recht zu mir passen. Aber eben, es ist halt drin in mir, seit ich ein kleiner Schüler war – das Bild von der einzigartigen, siegreichen Schweiz.
Nur, ein Land ist noch lange nicht ein Staat – selbst dann, wenn es ein unabhängiges Land ist, denn Unabhängigkeit bedeutet noch lange nicht Freiheit. Das wissen viele Bewohner von all den vielen Staaten, die in den letzten Jahrzehnten in die Unabhängigkeit entlassen wurden, und es ist ein weltweiter fauler Trick geworden, daß man Unabhängigkeit als Freiheit verkauft. Für die Freiheiten aller Bürger ist nicht ein Land, ist weder das Matterhorn noch das Rütli noch Federer zustän-

dig, sondern der Staat – der Staat, der in unserem Falle 1848 gegründet wurde, und von dessen Geschichte fast alle von uns in der Schule nie etwas gehört haben. Wir leben in einem Staat ohne Geschichte. Das macht ihn glanzlos, und das macht ihn auch schwach gegenüber dem entsprechenden Land, das sich auf 1291 bezieht und eine glorreiche Geschichte hat.

Und jene, die dauernd von weniger Staat und dann von noch weniger Staat reden, die Privatisierung als Freiheit verkaufen, also Freiheit für den Tüchtigen, brauchen nur die schöne Schweizerfahne ein bißchen zu schwenken, und schon stehen sie da, all die Helden: Tell und Winkelried, Hugo Koblet und Ferdi Kübler.

Man spielt den Staat gegen das Land aus, gegen das siegreiche Land, und ist siegreich. Wir haben alle eine Ahnung von der Geschichte unseres Landes. Die Geschichte unseres Staates aber hat uns nie erreicht, die Geschichte unserer Demokratie nicht, die Geschichte unserer Neutralität nicht. Und deshalb glauben wir fest, daß die Demokratie 1291 auf dem Rütli ein für allemal eingeführt wurde. Wir sind Schweizer und damit basta.

So werden dann auch, jetzt im Herbst, jene wieder laut, die die Schweiz retten wollen. Sie sehen die Schweiz in Gefahr, und der gefährliche Feind heißt Staat. Weniger Staat, so glauben sie, bedeu-

tet mehr Schweiz. Sie stellen einem Staat von 1848 eine Schweiz von 1291 entgegen.
Meine AHV habe ich aber nicht von diesem Land – die habe ich von diesem Staat. Und die Schule, in die ich ging, hatte dieser Staat eingerichtet. Warum hatte sie mir denn nie davon erzählt? Und fällt es deshalb so leicht, den Leuten den Staat unter den Füßen wegzuziehen?
Jedenfalls, wenn wir gar keinen Staat mehr hätten, bräuchten wir wirklich nicht mehr sieben Bundesräte. Einer würde genügen und könnte dann richtig regieren.
Daran wäre ich durchaus mitschuldig. Auch ich war mal Lehrer, und auch ich habe meine Schüler mit glühenden Erzählungen von der Schweizergeschichte begeistert.

Als wir noch warten konnten

Wenn man ihn fragte, den Dorftrottel, damals in einem kleinen Dorf, was er mache, dann sagte er: »Warten!« Und alle fragten ihn, und fragten ihn immer wieder, und alle kannten die Antwort. Und wenn man ihn fragte, auf was er denn warte, dann sagte er: »Ich warte auf ...«, und eine lange Pause des angestrengten Nachdenkens, »ich warte auf ..., ich warte auf ..., ich warte halt.«

Er hätte sagen können, er warte auf nichts, aber das sagte er nicht. Nein, er war kein Philosoph, und sein Warten hatte keine Bedeutung. Er wartete halt und war da.

Ich frage mich immer wieder, warum in der Eisenbahn fünf Minuten vor Zürich die Leute in einer langen Reihe schon im Gang des Wagens stehen. Mit Eile kann es nichts zu tun haben, sie werden alle gleichzeitig ankommen. Aber sie haben auf Zürich gewartet, eine Stunde, zwei Stunden gewartet, und nicht wie der Dorftrottel nur gewartet, sondern eben auf etwas, auf Zürich, gewartet. Und dieses Zürich ist nun in den nächsten fünf Minuten erreicht – das Warten hat endlich ein Ende. Warten als Qual – so jedenfalls empfand es der Trottel nicht, viel eher Warten als Existenz, ein Leben lang warten, nur warten.

Ich setze mich oft in die Eisenbahn, um zu arbeiten, um zu lesen oder zu schreiben. Ungeduld ist der Feind von beidem, und die Eisenbahn macht mich geduldig. Es kommt aber weit öfter vor, daß ich mich in die Eisenbahn setze, weil ich nach Zürich, nach Frankfurt, nach Berlin will oder muß. Und das wäre doch eine günstige Gelegenheit zu arbeiten. Aber wenn mir das Ziel bekannt ist, gelingt mir das Schreiben in der Eisenbahn nicht. Dann wird auch für mich die Bahn zu einem Ort der Ungeduld, dann gelingt auch mir das Warten an und für sich nicht mehr, weil ich weiß, auf was ich warte, auf Berlin zum Beispiel. Wobei, und das ist das Elend, das Erreichen des Ziels ziemlich exakt prognostiziert ist – ich werde um 17.24 in Berlin ankommen. Die Prognose macht das Warten zur Qual, weil sie das Warten stört. Wir können nicht mehr warten.

Es muß eine Zeit gegeben haben, in der man, so stelle ich mir vor, die Wahlergebnisse noch erwartete. Und wenn ich es mir recht überlege, dann muß ich diese Zeit selbst noch erlebt haben: Wahlen ohne Prognosen, ohne Umfragen und ohne Hochrechnungen. Ich erinnere mich nur noch schwach daran. Aber ich glaube, daß damals, als man noch richtig wartete auf das Ergebnis der

Wahl, meine Stimme noch etwas mehr Wert hatte – auch wenn ich schon damals immer wieder auf der Verliererseite war. Inzwischen aber erfülle ich mit meiner Stimme nicht eigentlich meine Bürgerpflicht, sondern ich bestätige damit nur noch die Resultate der Meinungsforscher. Und die Überraschungen der Abweichungen sind höchstens so klein wie die drei Minuten Verspätung der Bahn. Die Prognose macht meine Stimme lächerlich, so wie der Fahrplan mit der exakten Ankunftszeit mein Warten lächerlich macht.

Mir fällt jener andre ein, auch damals in jenem kleinen Dorf. Er verpaßte ein Leben lang nicht eine einzige Abstimmung, und er stimmte ein Leben lang konsequent ungültig. Er kannte sich aus in den Gesetzen über Wahlen und Abstimmungen, und er kannte alle Formen, mit denen man eine Stimme ungültig machen konnte. Dabei machte er nicht einen unglücklichen Eindruck, nur einen etwas schrulligen, und er wohnte oben auf dem Berg und hatte einen langen Weg von über einer Stunde zur Urne, und nach der Stimmabgabe setzte er sich in den »Löwen« und wartete, bis die Resultate am Anschlagbrett des Gemeindehauses ausgehängt wurden. Da ging er nun hin, und er sah seine Stimme: »Ungültig: eine Stimme.« Seine Stimme wurde sichtbar. Und hätte es damals schon Prognosen gegeben, seine eine ungültige

Stimme wäre wohl nie prognostiziert worden, sie war einmalig und original. Mit dem guten Gefühl, daß die Demokratie funktioniert, ging er zufrieden nach Hause: Sie hatten richtig gezählt, und sie hatten seine eine Stimme wahrgenommen.
Nein, nicht daß ich sein politisches Verhalten als richtig empfunden hätte, aber seine hartnäckige Gelassenheit hat mich beeindruckt, sein stilles, dreistündiges Warten im »Löwen«.
Wie lächerlich ist dagegen diese absolut unnötige Hochrechnungshysterie, dieses Computerspielchen, das keinen anderen Nutzen hat als das Warten zu verhindern und die Hühner aufzuschrecken und das letztlich meine Stimme lächerlich macht, weil ich mit ihr nicht mehr wähle, sondern nur die Prognosen der Computer bestätige.

Von der großen goldenen Weltgeschichte

Wir leben in goldenen Zeiten. Die Jungen tanzen wild und friedlich auf ihren Partys. Es gibt noch richtig gute Schweizer Fußballer, hervorragende Sänger und Sängerinnen – bewundernswerte Stars, große Feste, und alles ist so einfach in unserer großen Zeit der Jahrtausendwende. Die Luft ist noch rein, das Wasser noch gut.
Sie glauben das nicht? Dann muß ich es anders formulieren: Wir werden in goldenen Zeiten gelebt haben, nämlich dann – in dreißig, vierzig Jahren –, wenn eine nostalgische Jugend ihre Jahrtausendwendepartys feiern wird, in eigenartigen und viel zu großen Hosen und Baseballcaps, mit freiem Bauch und Hüftgürtel, und dabei träumen von einer Zeit, die viel besser war als die ihre; so wie sie heute träumen von den wunderbaren Fünfzigerjahren und Partys feiern in den Kleidern der Fünfzigerjahre und gern in ihnen gelebt hätten, zusammen mit James Dean und Marilyn Monroe und großen Amerikanerwagen mit glitzerndem Chromstahl und roten Lederpolstern.
In diesen Fünfzigerjahren war ich jung. Aber ich habe nicht mit James Dean und Marilyn Monroe

zusammengelebt und recht selten oder nie einen großen Amerikanerwagen gesehen.
Aber geträumt haben wir auch – von den goldenen Zwanzigerjahren, von verrauchten Jazzlokalen in New Orleans, von Charleston, von Dadaisten, von Apollinaire und Rilke. Dann auch vom Generalstreik, davon, daß es damals noch eine kräftige Arbeiterbewegung gab.
Und es gab auch Bücher über die goldenen Zwanzigerjahre, so wie es heute Bücher gibt über die goldenen Fünfzigerjahre, und wohl schon bald Bücher gibt über die goldenen Achtziger, und dreißig Jahre später wohl auch Bücher über unsere goldene Zeit.
Dreißig Jahre, das sind eine Generation – und nach dreißig Jahren ist fast jede Zeit eine gute und deshalb die jeweils heutige die schlechteste aller Zeiten mit der schlechtesten Jugend aller Zeiten, und das wohl schon seit Tausenden von Jahren. Wohl seit Tausenden von Jahren war die Zeit vor dreißig Jahren eine bessere. Und wir halten das für reale Geschichte. Dabei ist es nicht Geschichte, sondern nur unsere Art der Geschichtsschreibung. Vielleicht haben die Historiker die fatale Neigung, sich in die Zeiten, die sie beschreiben, zu verlieben – der Dreißigjährige Krieg, da war immerhin noch etwas los, und in den Zwanzigerjahren war etwas los und in den Fünfzigern auch.

Zu meinen Nostalgien gehörte auch der Spanische Bürgerkrieg (1936-1939). Ich las alles, was es dazu zu lesen gab, und sammelte, was es dazu zu sammeln gab. Ich kannte auch einige Schweizer, die dort für Republik und Demokratie gekämpft hatten, und ich bewunderte sie. Sie aber wurden alle leise, wenn man darauf zu sprechen kam. Was in meinen Augen als große und glanzvolle Zeit erschien, war in Wirklichkeit wohl hart und glanzlos und verloren.
Erst vor ein paar Tagen bin ich auf einer Liste von ehemaligen Schweizer Spanienkämpfern auf den Namen eines Mannes gestoßen: Cherubin Hammer. Er mochte mich, und ich war stolz auf seine Freundschaft. Ich habe ihn später in einer Erzählung beschrieben, ein Mensch, der etwas schräg, aber kräftig in dieses Leben gebaut war, immer wieder ein bißchen mit Gesetzen in Konflikt kam und auch immer wieder offen darüber sprach, laut und prahlerisch, ein phantasiebegabter Mensch, der sich nicht damit begnügte, kleine Betrügereien zu begehen, sondern sie mußten auch witzig und ausgefallen sein. Irgendwie waren wir Berufskollegen, wir erfanden Geschichten. Er aber erfand sie nicht so wie ich auf Papier. Er stellte sie in Wirklichkeit her und erfand sie wie kleine Buben ihre Streiche. Seine kleinen Gaunereien mußten wie Bubenstreiche erzählbar sein. Und er konnte

erzählen, und er ließ nichts aus und schmückte seine Geschichten mit Prahlereien, und ich war ein guter Zuhörer und liebte ihn. Ich war überzeugt, daß er mir alles, wirklich alles erzählte.

Nun bin ich überrascht, daß er nie, nicht ein einziges Mal vom Bürgerkrieg in Spanien erzählt hat, ausgerechnet er, der sonst rücksichtslos erzählte und prahlte. Ich suche nach Gründen, warum er darüber schwieg. Wußte er vielleicht, daß ich in meinem nostalgischen Verhältnis seine Geschichte falsch verstanden hätte, daß sie mir als glanzvoll erschienen wäre – und dies wohl vor allem deshalb, weil da einer an Weltgeschichte teilgenommen hat? Und hat er vielleicht deshalb seine realen Gaunergeschichten zusammengebastelt, weil er der Geschichte, der großen goldenen Weltgeschichte mißtraute?

Das Fest des Dazugehörens

Weihnachtsgeschichten? Vielleicht ist auch das eine: Der Polizist kommt in den Kindergarten, um Verkehrsunterricht zu erteilen, und er fragt, ob denn jemand wisse, was ein Verkehrsteilnehmer sei. Selbstverständlich weiß es keines der Kinder, also begibt er sich, vermeintlich, auf ihr Niveau und sagt: »Es gibt so Dinger auf der Straße, die haben vier Räder und machen Brumm-brumm, wie sagt man denen?« »Autos«, sagt einer. »Und dann gibt es auch solche mit zwei Rädern, die Brumm-brumm machen, wie sagt man denen?« »Töff, Motorrad«, sagt einer. Und dann das Moped, das Fahrrad. Und jetzt sagt der Polizist: »Es gibt aber noch andere Verkehrsteilnehmer, die haben keine Räder, die stehen auf zwei Beinen und gehen auf ihnen, wie sagt man denen? Und ein Mädchen antwortet: »Denen sagt man Grüezi, Grüßgott.«

Die Geschichte ist wahr und hat sich vor vielen Jahren in dem Schulhaus zugetragen, in dem ich damals unterrichtete. Ich finde es eine wunderschöne Geschichte, weil hier der kalten Vernunft des Gesetzes menschliche Wärme entgegengesetzt wurde. Der wunderschöne »Irrtum« des Mäd-

chens hatte seine Ursache wohl darin, daß es annahm, daß der Polizist der Hüter des Anstands sei und daß es eben anständig sei, zu grüßen.
Ich grüße gern, und ich genieße es, im kleinen Ort zu wohnen, wo sich die meisten noch grüßen. Es heißt nicht nur, daß ich den anderen wahrgenommen habe, es ist auch ein gegenseitiges Zeichen des Dazugehörens. Gegrüßt werden und grüßen kann ein bißchen Wärme in einen grauen Tag bringen. Autofahrer haben kaum Gelegenheit dazu. Grüßen ist ein Privileg der Fußgänger.
Ein anderes kleines Mädchen, meine spätere Frau, war davon überzeugt, daß man die Polizisten nur freundlich grüßen muß, dann machen sie einem nichts – irgendwie eine Verwechslung mit dem Sankt Nikolaus und dem Schmutzli, und also auch eine Vorstellung von Anstand.
Oder wäre vielleicht das eine Weihnachtsgeschichte: An der Busstation steht ein Mann, durch und durch ein Schweizer. Nun kommen zwei kleine Buben, wahrscheinlich ausländischer Herkunft, auf ihn zu und fragen, ob er ihnen sagen könnte, welchen Bus sie nehmen müßten zum MacDonalds. Der Mann geht zum Fahrplan, macht sich kundig und erklärt den beiden, welchen Bus sie nehmen müßten, nämlich den auf der anderen Seite der Straße, und wann er fährt. Die beiden bedanken sich und gehen über die Straße. Da

bleibt einer stehen. Dreht sich um und kommt zurück, geht auf den Mann zu und fragt: »Sind Sie Albaner?« Das Dazugehören als Voraussetzung der Freundlichkeit. Weihnachten, das Fest des Dazugehörens.

Im Bus, mit dem ich täglich fahre, grüßt man die Leute, die man immer wieder sieht, die Leute, mit denen man zusammen fährt. Außer morgens früh, wenn die Leute halb verschlafen zur Arbeit fahren. Ich fahre ganz selten so früh, und wohl deshalb fällt mir auf, wie unheimlich still es ist am Morgen im Bus. Auf der nächsten Station steigen zwei Behinderte ein, auch sie fahren zur Arbeit in einer geschützten Werkstatt. Sie steigen ein und sagen laut und deutlich: »Guten Morgen miteinander.« Die Schweigenden im Bus schrecken auf, wie wenn hier ein Überfall angekündigt würde.

Abends spät sitzt ein Mann mit Turban im Bus – er wohnt in meiner Nachbarschaft, schon seit zwei, drei Jahren. Er geht mit Rosen von Restaurant zu Restaurant. Ein schlechter Verkäufer, der kaum etwas sagt, kaum Deutsch kann, kaum lächelt, aber eine leichte Verbeugung andeutet, wenn ihm jemand das Geld für die Rose gibt. Ich habe ihn zwei Jahre lang immer wieder gegrüßt, und er hat meinen Gruß nicht erwidert. Einmal, als wir gemeinsam auf den Bus warteten, habe ich ihn auf englisch angesprochen, wir wechselten ein paar

Worte. Seither grüßt er mich freundlich, legt seine Hand aufs Herz und nickt. Ich freue mich jedesmal, wenn er grüßt. Ich habe es damals fast nicht mehr ausgehalten, daß er nicht grüßte. Jetzt fahren wir endlich im selben Bus. Ich kenne ihn eigentlich nicht. Ich kenne weder seinen Namen noch seine Geschichte, und er kennt auch mich nicht. Aber wir nehmen uns nun gegenseitig wahr. Er ist jetzt da und ich auch. Wir haben fast nichts Gemeinsames – eigentlich nur diesen Bus. Aber wir gehören jetzt wirklich dazu, zu diesem Bus. Das ist wenig, sehr wenig. Aber in einer kalten Dezembernacht ist es doch ein kleines Etwas.
Ich wünsche Ihnen ein frohes Fest des Dazugehörens.

Ein entfernter Verwandter des Sonnentaus

Es gibt Sachen, und nicht selten geliebte Sachen, die einem im Verlaufe des Lebens abhanden kommen, und oft bemerkt man sehr spät, daß sie schon lange nicht mehr da sind; Leidenschaften zum Beispiel, meine Leidenschaft für modernen Jazz zum Beispiel. Ja, doch, ich freue mich heute noch, wenn ich ein gutes Stück höre oder wenn ich, meist eher durch Zufall, in ein Jazzkonzert gerate. Ich mag den Jazz immer noch – nur etwas hat er für mich verloren, seine Dringlichkeit, er darf zwar, aber er muß nicht mehr sein. Das tut mir wirklich leid, und es wäre ja leicht zu ändern. Nur eben, die Dringlichkeit ist weg – es muß nicht mehr sein.

In dieser Woche finden in Solothurn die Filmtage statt. Das ist nicht nur ein Ereignis für Filmer und Publikum, sondern auch für die Stadt. Sie ist wieder belebt, die Welt ist da, und die kleine Stadt wirkt wie das Zentrum einer großen.

Mir machen sie immer wieder so etwas wie ein schlechtes Gewissen. Ich stelle schmerzlich fest, daß mir das Kino abhanden gekommen ist. Vor 43 Jahren war ich einer von jenen filmbegeisterten jungen Leuten um Stefan Portmann, die auf die

Idee kamen, die Schweizer Filmemacher nach Solothurn zu holen. Das war damals der Stadt nicht sehr lieb. Da kamen Leute, die nicht so recht in das verschlafene Städtchen passen wollten. Auch gab es den berechtigten Verdacht, daß dies mit Politik zu tun haben könnte. Und genau diese Ablehnung bestärkte uns in unserer Begeisterung. Inzwischen sind die Filmtage etabliert, eine richtige, große Veranstaltung, und bereits schmuggelt sich der Begriff Festival auf die Plakate.
Aber der Grund, daß mir das Kino abhanden gekommen ist, ist ein anderer. Es gab damals auch noch jene Filmclubs und sogenannte Studiofilme – also Filme, die kein großes Publikum fanden. Da haben wir uns die ganze Geschichte des Films angeschaut – und zwar immer wieder. Es gab noch die Wiederholung, die Reprise – und wer einen Film nicht gesehen hatte, der konnte ihn ein oder zwei Jahre später immer noch sehen. Und echte Leidenschaft bedarf der Wiederholungen. Inzwischen gibt es nur noch die Aktualität, und eine Aktualität löst die andere für immer ab.
Im Berlin der Sechzigerjahre gab es das Kino »Olympia« – eine kleine dunkle Bude, und weil es auch das billigste Kino war, saßen und lagen im Winter in den hinteren Reihen Obdachlose und wärmten sich schlafend auf. Das Programm wechselte immer am Dienstag – alte, verregnete und

auch verstümmelte Western in Schwarzweiß – »Der Mann mit den zwei goldenen Colts.«

»Morgen ist Dienstag«, sagten meine Freunde, »um halb sieben im Olympia – immer am Dienstag um halb sieben.« Wie ich mit ihnen zum erstenmal da war, wiesen sie mir einen Platz an und sagten: »Das ist nun dein Platz für immer«, und sie setzten sich nicht etwa neben mich, sondern verstreut im ganzen Saal, jeder auf seinen Platz – die Plätze waren schon ihre, bevor sie sich kennenlernten.

Die Filme wechselten am Dienstag, aber sie kamen nach einigen Wochen wieder, immer wieder dieselben. Und das Vorprogramm blieb für immer dasselbe: zwei alte Wochenschauen und ein langer und langweiliger Film über fleischfressende Pflanzen mit einem sehr pathetisch gesprochen Text. Das war nun der allerschlechteste Film, den ich je gesehen habe – und keinen anderen Film habe ich so oft gesehen. Aber er war das schönste Kino, das ich je erlebt habe. Einen Satz des Kommentars weiß ich immer noch, weil er mir damals so sehr gefallen hat: »Ganz anders macht das ein entfernter Verwandter des Sonnentaus im südlichen Mexiko.«

Aber damals konnten wir selbstverständlich den ganzen Text auswendig. Und nicht nur wir, sondern noch gut dreißig andere Stammgäste, die wir nicht näher kannten, aber jeden Dienstag hier trafen. Und wenn der schreckliche Film über fleischfressende Pflanzen begann, standen alle auf und sprachen den Text laut und mit den exakten schauspielerischen Schnörkeln mit – ein präziser, wunderbarer Chor.

Für diesen Chor, und für nichts anderes, sind wir am Dienstag ins Olympia gegangen. Anfangs war der Chor wohl als blöder Ulk gedacht. Aber sicher nicht nur für mich, sondern auch für alle anderen wurde er zu einem ernsten und wundervollen Ritual.

Nein, nicht meine Leidenschaft für das Kino habe ich verloren und auch nicht für den Jazz – nur die Rituale, in denen die Leidenschaften eingebettet sind.

Vom voreiligen Verstehen

Zufällig treffe ich einen alten Freund, den ich schon sehr lange nicht mehr gesehen habe. Ich mag ihn, und er hat viel zu erzählen. Aber ich bin mit anderem beschäftigt und zudem überrascht, ihn plötzlich wiederzusehen. Ich denke an die Zeiten, als wir sehr oft zusammen waren, und er erzählt und erzählt, und ich stelle fest, daß ich nur einen Teil von dem mitbekomme, was er erzählt. Und nun sagt er plözlich: »Du bist noch einer von denen, die noch zuhören können.« Er meint das ernst, und ich bin beschämt und sage nichts dazu.
Mir fällt eine Frage von Max Frisch in einem seiner Fragebogen ein: »Wenn sie an Verstorbene denken, wünschten Sie, daß der Verstorbene zu Ihnen spricht, oder möchten Sie lieber dem Verstorbenen noch etwas sagen?« Eine einfache Frage, aber meine Antwort überrascht mich: Ja, ich möchte ihm noch vieles sagen, erzählen, was inzwischen geschah. Und wenn ich rede, dann bin ich ganz da, und dann ist auch mein Gegenüber ganz da, ganz für mich da. Der verzweifelte Betrunkene in der Kneipe redet und redet und redet – solange er redet, ist er noch da. Er will auch keine Antworten, er kann jetzt nicht mehr zuhören.

Vor Jahren fragte man mich an, ob ich in einem Ferienlager für geistig Behinderte eine Lesung machen würde. Ich konnte das nicht ablehnen, aber ich stellte es mir als unmöglich vor. Ich ackerte meine Geschichten durch, suchte die einfachsten Geschichten und versuchte sie noch zu vereinfachen und stellte, was ich sonst selten mache, ein Programm zusammen. Und als ich dann dort mit dem Lesen begann, ließ ich mein Programm fahren und las genau das, was ich auch einem literarisch gebildeten Publikum gelesen hätte. Ich hatte noch nie ein aufmerksameres Publikum. Sie hörten wirklich zu, und sie hörten so sehr zu, daß ich ihr Zuhören körperlich wahrnahm. Ich las länger, als ich mir vorgenommen hatte, und es machte Spaß zu lesen, und ich mochte meine Geschichten wieder.

Ob sie die Geschichten verstanden haben? Ich weiß es nicht. Aber sie haben zugehört, intensiver zugehört, als ich das kann, als wir das können. Und sie haben aktiv zugehört.

Im Gespräch nach der Lesung fragte mich einer, wie das Wetter morgen werde. Er glaubte, ich sei vom Radio, und das Radio weiß, wie das Wetter wird. Aber es gab auch andere, die nach den Geschichten fragten, und es waren Fragen, die ich noch nie gehört hatte. Warum kommt kein Auto vor? Schreiben Sie nie über Elefanten? Und sie begannen zu erzählen: ganz andere Geschichten, die mit meinen nichts zu tun hatten, außer, daß meine Geschichten ihre Geschichten ausgelöst hatten – aktive Zuhörer, die in den Geschichten ihre Geschichten erkannten. Ich fühlte mich hier verstanden, auch wenn wir das, was in ihren Köpfen vorging, nicht als verstehen bezeichnen würden. Vielleicht ist das Zuhören etwas viel Höheres als das Verstehen. Und vielleicht sind wir schlechte Zuhörer, weil wir immer voreilig verstehen wollen. Und man kann wohl nur richtig zuhören, wenn man das Nichtverstehen toleriert.

Ich war zwölf, als ich die Stadtbibliothek in Olten entdeckte. Meine Kollegen holten sich dort ihren Karl May. Das hatte ich auch im Sinn, aber als ich vor dem Schalter stand, setzte sich der Snob in mir durch, und ich sagte: »Goethe«, nur um den Bibliothekar zu beeindrucken. Und ich nahm die ersten zwei Bände der Gesamtausgabe nach Hause und las alles – ein Gedicht nach dem anderen, und holte nach drei Tagen die Bände drei und vier, und ich wurde nach und nach süchtig, buchstabensüchtig. Ich verschlang die Buchstaben, ohne eigentlich einen Inhalt mitzubekommen. Ich hörte dem Goethe und dem Stifter und der Ebner-Eschenbach einfach zu. Ich gewöhnte mir an, ihnen gern zuzuhören, und ich hörte ihnen zu, ohne viel zu verstehen.

Lesen ist eine Form von Zuhören. Damals konnte ich das noch. Inzwischen bin ich etwas gebildeter und routinierter und beginne auch beim Lesen voreilig zu verstehen. Das kann ich nicht mehr ändern – es gibt kein Zurück in die Naivität. Aber ich lese meinen Jean Paul und versuche mich zum mindesten ein wenig zu weigern, ihn zu verstehen, um ihm zuhören zu können. Zuhören bedarf der Toleranz, der Vorurteilslosigkeit, aber auch die fällt mir mit zunehmenden sogenannten Erfahrungen immer schwerer.

Daran erinnerten mich damals die Behinderten, meine wunderbaren Zuhörer, die mich nicht voreilig verstanden.

Roll over Beethoven

In meiner engen Küche steht seit Jahren schon ein Mann. Er macht sich nicht breit, und wir grüßen uns nicht, wenn ich an ihm vorbeigehe. Er trägt unter dem rechten Arm einen Zylinder, ist in Rosa gekleidet und macht einen recht properen Eindruck. Ich bin inzwischen alt geworden, er ist jung geblieben. Trotzdem, auch er hat sich verändert, damals galt er als langhaarig und ungepflegt, jetzt wirkt er adrett und modisch.
In meiner Küche hängt ein fast lebensgroßes Bild von Ringo Starr, gemalt von Pole Lehmann, der mir das Bild vor Jahrzehnten schenkte, weil es mir so sehr gefiel. Seither leben wir zusammen, und wir fallen uns gegenseitig nicht auf. Er ist einfach da, und ich bin da. Wenn er mir aber plötzlich auffällt, beschleicht mich eine Art Beklemmung. Irgendwie schäme ich mich fast dafür, daß er mir wieder für längere Zeit nicht aufgefallen ist. Das Bild gefällt mir immer noch sehr, aber Ringo Starr, der seit Jahrzehnten mit mir zusammen in meiner Küche steht, ist aus meinem Leben verschwunden.
Das tut mir leid. Er hat das nicht verdient und ich auch nicht.
Wie wichtig mir damals die Beatles waren oder die

Rolling Stones oder Heartbreak Hotel von Elvis – ich weiß das nicht mehr. Es gab sicher viele Dinge, die mir wichtiger waren.
Aber ich erinnere mich daran, daß ich sie irgendwann entdeckt hatte. Ich weiß, wo ich zum ersten Mal Elvis hörte – aus der Jukebox im »Du Nord«. Im Radio gab es ihn vorläufig noch nicht, und die Rolling Stones auch nicht. Wir hatten zwar von ihnen gehört, von irgendwelchen Skandalen und Aufläufen, aber zu entdecken hatten wir sie selbst. Wir erzählten in der Stadt herum, daß es in der Musicbox im »Du Nord« eine Platte von diesem Presley gebe. Und man ging ins »Du Nord« und entdeckte ihn, sozusagen unabhängig davon, ob das nun wichtig gewesen wäre oder nicht.
Wichtig war die Entdeckung.
So wie ich einige Jahre vorher auf dem Monatsmarkt in Solothurn zwischen alten Kioskromanen und Mikeymouseheftchen zwei Bücher entdeckte. Sie kosteten zusammen einen Franken und waren von einem Robert Walser, von dem ich noch nie gehört hatte, und der mich tief beeindruckte. Es war ein großer Fehler, meinen Deutschlehrer zu fragen, ob er einen Walser kenne. Er kannte ihn nicht, und er nahm mir das übel, und ich war der Unwissende, weil ich einen Wissenden nach etwas fragte, das man nicht wissen muß. Das nahm ich dann auch ihm übel, und ich litt unter ihm.

Wir lebten in ausgesprochenen und vor allem unausgesprochenen Verboten. Und wir begannen gegen die Erwachsenen, gegen die Wissenden, gegen unsere Lehrer unsere Entdeckungen zu machen. Ich entdeckte gegen den Deutschlehrer die Dadaisten, ich entdeckte gegen den Zeichenlehrer Klee und Picasso. Die gesicherte Welt jener Erwachsenen, die wußten, was gut und schlecht, erhaben und schäbig ist, diese Welt setzte uns die Grenzen, die wir überschritten, und ohne eigentliche Informationen eroberten wir eine Welt für uns.
Ich höre die Beatles und die Stones immer noch gern. Und ich erschrecke dabei, wie brav ihre damaligen Songs inzwischen geworden sind. Sie haben den Hauch des Verbotenen für immer verloren. »Roll over Beethoven« – wer ist noch bereit, daran ein Ärgernis zu nehmen. Und wo es zu allem Informationen gibt, da gibt es nichts mehr zu entdecken.
Da gibt es nur noch zu lernen. Alles ist lernbar geworden. Und man kann sich in allem, was vor einiger Zeit noch unausgesprochen verboten war, diplomieren lassen. Lernen ist aber nicht dasselbe wie entdecken. Die Entdeckung ist eine Eroberung, das Lernen nur eine Aneignung.
Der damalige kindliche Traum, Afrikaforscher zu werden, ist ausgeträumt. Die Landkarte hat keine weißen Flecken mehr.

Aber die ältere Frau, eine Schweizerin, die mir im Speisewagen gegenübersitzt, beeindruckt mich. Sie kritzelt chinesische Schriftzeichen aufs Papier, vergleicht sie mit den Zeichen im Buch, schließt die Augen und memoriert. Sie ist am Lernen. Lernen ist faszinierend. Und sie ist beim Lernen wohl doch auch am Entdecken.

Und kleine Kinder sind faszinierend. Sie lernen nicht, sie entdecken. Sie entdecken eine Welt, Tag für Tag. Sie entdecken Klänge und Wörter und Sprache und Zusammenhänge.

Ich fürchte mich nur vor der gegenwärtigen Lernhysterie. Inzwischen soll nur noch gelehrt und gelernt werden. Es soll nur noch angeeignet werden, nur noch normiert.

Immerhin, wenn dann alles normiert ist, gibt es wieder die »unanständige« Freiheit des Entdekkens gegen die Normen.

Vom Stier, der auch nur ein Mensch war

Die Bachofners waren stille, freundliche Leute, Bauern, und ich verbrachte meine freien Nachmittage und meine Ferien bei ihnen. Ich war sehr stolz darauf, daß ich hier richtig arbeitete und brauchbar war. Meine Arbeit war wohl keine große Hilfe, aber die Bachofners bestärkten mich im Gefühl, daß ich so etwas wie unentbehrlich sei. Ich war damals wohl zehn oder elf, und selbstverständlich wollte ich jetzt Bauer werden. Es war eine gute Zeit, und sie tat mir gut, und sie hatten Käse und Speck, und die Brotscheiben waren sehr viel dicker als jene zu Hause. Es war während des Kriegs oder kurz nachher, die Lebensmittel waren rationiert, und das Glück hatte zu einem guten Teil mit Speck und der Dicke der Brotscheiben zu tun. Sonntags hatten die Bauern viel Besuch von Städtern, die nun mit ihnen – auf Zeit – befreundet waren. Ich verachtete sie innerlich, weil ich selbst ja kein Besucher war, sondern ein Bauer, der dazugehörte.

Aber es überrascht mich heute, daß ich trotz meiner Erinnerung an eine gute Zeit fast nichts mehr weiß davon. Ich versuche mir die Gesichter von Herrn und Frau Bachofner in Erinnerung zu rufen, und es gelingt mir nicht. Ich muß das alles irgendwie verdrängt haben, und ich glaube, ich weiß weshalb.

Eines Tages – die Bachofners waren nicht zu Hause, denn sie hätten das bestimmt nicht zugelassen – sagte der alte Knecht zu mir: »Geh mit dem Stier, mit dem Muni, zum Bauer da unten«, und er drückte mir den Strick in die Hand, gab mir einen Stecken mit einem Haken in die andere Hand und sagte: »Wenn er dumm tut, dann haust du ihm den Stecken über den Schädel und legst dich hin und bewegst dich nicht.« Ein riesiger Stier, ein Simmentaler, mit blutunterlaufenen Augen, mit Lokken zwischen den Augen wie der Teufel, und ich weiß, daß es nicht wahr sein kann, aber er war einige Meter hoch, und ich war sehr klein, und ich zitterte. Ich schaute ihn nicht an, ich ging nur neben ihm her, der Strick blieb locker. Ich fürchtete, daß ich stolpern könnte auf dem Weg, und ich sprach die ganze Zeit nicht eigentlich zu ihm, sondern leise, wie man betet, vor mich hin: »Bitte, mach mir nichts, mach mir nichts, tu mir nichts an, bitte, bitte«, auf dem ganzen Weg ohne Unterlaß, und auf dem ganzen Weg zurück: »Bitte, bitte.« Und wie ich zurückkam, waren die Bachofners auch wieder da, und sie waren so froh wie ich, daß ich wieder heil zurück war. Ich führte ihn in den Stall und band ihn fest.

Und wäre das das Ende der Geschichte, ich hätte sie längst vergessen. Aber der Stier wollte jetzt nur noch mit mir zu tun haben. Er wehrte sich gegen alle anderen, und sie hatten ihre Mühe mit ihm. Und alle zwei, drei Tage kam ein Telefonanruf: »Der Peter muß kommen, es ist etwas mit dem Stier.« »Der Peter muß kommen, der Vieharzt ist da.« Und ich weinte, und ich fürchtete mich, und ich wünschte ihm alles Schlechte: »Wenn er nur kaputtgehen würde.« Er mochte mich, da konnte ich nichts dagegen machen, und ich fürchtete ihn.
Und wäre das das Ende der Geschichte, ich hätte sie längst vergessen, aber es gab einen letzten Anruf: »Der Peter muß kommen«, und ich führte ihn zum Schlachthof, trottete weinend und schluchzend neben ihm her und verfluchte mich dafür, daß ich ihm das angewünscht hatte. Er tat mir leid, der Mächtige, der Übermächtige, an seinem Ende. Er war jetzt auch nur noch ein Mensch. Ich gab ihn dort ab, drehte um und rannte raus und hielt mir die Ohren zu.
Ob er gewußt hat von seiner Macht? Wohl kaum. Vielleicht ist er aber ein ganzes Leben ausschließlich Menschen begegnet, die Macht über ihn haben wollten, und vielleicht liebte er deshalb jenen Kleinen, der zum vornherein ohnmächtig war – ohnmächtig wie er.
Sei es, wie es wolle, aber jede Macht ängstigt. Die

Macht lebt von der Angst, die sie verbreitet. Es will mir heute noch nicht in den Kopf gehen, daß es Menschen gibt, denen es Lust bereitet, mächtig zu werden und mächtig zu sein, denen es Lust bereitet, gefürchtet zu sein. Denn wer Macht will, muß vorerst mal Angst verbreiten. Und warum sind sie so beliebt, die Mächtigen, bei jenen, die sich vor ihnen fürchten?

Zugegeben, ein klein bißchen war ich schon stolz, wenn ich neben meinem Stier ging – ein kleiner Bub neben einem mächtigen Freund. (Warum erinnere ich mich nicht mehr an seinen Namen? – Er muß doch einen Namen gehabt haben.)

Und so laufen halt denn die Verängstigten jenem nach, der Angst verbreitet und Sicherheit verspricht (eine absurde Paarung), und glauben dabei, sie seien selbst mächtig, weil sie dem Mächtigen gefallen.

Inhalt

Die in diesem Band versammelten Kolumnen erschienen erstmals in der »Schweizer Illustrierten«.

Bücher von Peter Bichsel im Suhrkamp Verlag und im Insel Verlag

Alles von mir gelernt
Kolumnen 1995-1999
2000. 266 Seiten

Der Busant
Von Trinkern, Polizisten und der schönen Magelone
1998. Bibliothek Suhrkamp 1282. 121 Seiten
(auch suhrkamp taschenbuch 1301)

Cherubin Hammer und Cherubin Hammer
1999. 110 Seiten
(auch suhrkamp taschenbuch 3165)

Dezembergeschichten.
Herausgegeben von Adrienne Schneider
2007. Insel-Bücherei 1295. 60 Seiten

Doktor Schleyers isabellenfarbige Winterschule
Kolumnen 2000-2002
2003. 128 Seiten

Eigentlich möchte Frau Blum den Milchmann kennenlernen.
21 Geschichten
1993. Bibliothek Suhrkamp 1125. 73 Seiten
(auch suhrkamp taschenbuch 2567)

Eisenbahnfahren
Herausgegeben und mit einem Nachwort von Rainer Weiss
2002. Insel-Bücherei 1227. 68 Seiten

Gegen unseren Briefträger konnte man nichts machen
Kolumnen 1990-1994
1995. 248 Seiten
(auch suhrkamp taschenbuch 3322)

Geschichten
Mit einem Kommentar von Rolf Jucker
2005. Suhrkamp BasisBibliothek 64. 194 Seiten

Geschichten zur falschen Zeit
Kolumnen 1986-1990
1998. suhrkamp taschenbuch 2872. 190 Seiten

Im Gegenteil
Kolumnen 1986-1990
1999. suhrkamp taschenbuch 3027. 144 Seiten

Irgendwo anderswo. Kolumnen 1980-1985
1999. suhrkamp taschenbuch 2932. 156 Seiten

Die Jahreszeiten
1997. suhrkamp taschenbuch 2780. 121 Seiten

Kindergeschichten
1997. suhrkamp taschenbuch 2642. 86 Seiten
(auch suhrkamp taschenbuch 3660)

Kolumnen, Kolumnen
2005. 830 Seiten

Der Leser. Das Erzählen
Frankfurter Poetik-Vorlesungen
1997. suhrkamp taschenbuch 2643. 99 Seiten

Schulmeistereien
1998. suhrkamp taschenbuch 2841. 178 Seiten

Des Schweizers Schweiz
Aufsätze
1997. suhrkamp taschenbuch 2769. 102 Seiten

Das süße Gift der Buchstaben
Reden zur Literatur
2004. edition suhrkamp 2353. 144 Seiten

Die Totaldemokratie
Aufsätze über die Schweiz
1998. edition suhrkamp 2087. 120 Seiten

Wo wir wohnen
Geschichten
Herausgegeben und mit einem Nachwort von Rainer Weiss
2004. Insel-Bücherei 1253. 64 Seiten

Zur Stadt Paris
Geschichten
1993. 115 Seiten
(auch Bibliothek Suhrkamp 1179 und
suhrkamp taschenbuch 2734).

In Olten umsteigen
Über Peter Bichsel
Herausgegeben von Herbert Hoven
2000. suhrkamp taschenbuch 3102. 148 Seiten